詩文集

織姫《おりひめ》 千手《せんじゅ》のあやとり

村瀬学

言視舎

もし知性の感じた驚きや感動を歌った詩が存在するとしたなら
（わたしは生涯ずっと、そうした詩のことを考えてきた）

ヴァレリー「人と貝殻」松田浩則訳

織姫《おりひめ》　千手《せんじゅ》のあやとり　目次

Ⅱ　いきもの篇　31

Ⅰ

織姫・しんわ篇

竜宮《りゅうぐう》と織姫《おりひめ》

わたしは「竜宮」について考える。
水底にある「竜宮」と「庭」について。
庭の星屑《ほしくず》をつむぐ「織姫」。
「千の手」をもつ織姫とその「糸巻き」について。
「千手《せんじゅ》」で織る「兆の糸」。
竜宮を包む「舟」に仕立てる。
「糸」が「舟」になり、「舟」が「糸」になり。
その「糸の舟」で織られる生きものの「あや」について。
「あや」が織られる「あやとり」について。

小さな竜宮と大きな竜宮と

わたしは「小さな竜宮」と「大きな竜宮」について考える。
ふたつの竜宮。糸巻きと深いラセンの井戸でつながっている。
若水《わかみず》の、ねばる水の、あふれ出る井戸。
延々と四十億年、涌き出ている。
小さな竜宮の小さな織姫。
大きな竜宮の大きな織姫。
大きな織姫と六十兆個の小さな織姫。
小さな織姫の中の、大きな織姫たち。

「庭」について

わたしは「庭」について考える。
竜宮の「庭」について。織姫が「星屑」を、「ひもどき」を、すくう「庭」について。

丘に登る古代の長は、ここから見えるものすべてが、「わが庭」だといい。
現代の誰かは、「庭」などなくてもいい。「庭」などあっても見ないだろう、と。

「庭」などなくてもいい、というものと、「大きな庭」を欲しがるものと。

下町のパリ。「人びとにとっては、その一鉢こそが自分の庭なのである。その一鉢の花だけが、持つことを許されているただ一つの庭であり、庭のすべてなのである」（開高健「一鉢の庭、一滴の血」）

植木鉢ひとつでも「庭」。

「庭」とはなんだろう。

石と光と、土と水と、草と木と、苔と虫たちと、花と葉と実と、風と匂いと。そしてそれを育てる「四季」と。

そのすべてを合わせもったものを「庭」と呼ぶのだとしたら。

「庭（には・にわ）」とは「神を迎えて祀《まつ》る場」（白川静）と。

太古からの「庭」。

「地面」や「大地」でなく。

生きものが育つように手入れされた「特別な土地」。

この「庭」は「種《たね》」とともにあり。

「種《たね》の庭」。

竜宮にも庭がある、というのではなく。

竜宮が庭で、庭が竜宮で。

竜宮と織姫と庭はひとつで。

庭のない織姫はあり得なくて、織姫のいない庭もあり得なくて。

織姫は庭から生まれ、庭は織姫によって育てられ、いつも「世話」と「対話」が交応する。

そこから「からだ」が育ち、「臓器」が「庭」になり。

「千手《せんじゅ》」について

わたしは「天《あま》の鳥舟《とりふね》」について考える。

「天の鳥舟」は「舟」なのか、「鳥」なのか。

海を渡る舟と、空を渡る鳥と。舟には櫂《かい》が、鳥には羽が。

「天の鳥舟」の、「櫂」と「羽」。

「櫂」には千人の漕《こ》ぎ手が。

「羽」には千の羽毛が。

「千手」としての織姫の織る「鳥」と「舟」。

「千手体」としての織姫そのものの姿。

「竜」について

わたしは「竜」について考える。「龍」から「竜」へ。

竜宮の庭の「星屑」たち。ぶんぶんと渦を巻き、「荒ぶる龍」をはらむ。

水素、炭素、窒素、酸素、ナトリウム、鉄……周期表、奇妙な「荒ぶる龍」たちにつけられたニックネーム。

「荒ぶる龍」たち、反発しつつ、巻き込みつつ、「ひももどき」になり、庭で群れている。


織姫は、「ひももどき」をすくい、こねる。

千手でよじり、ねじる。

ねばる水。「美しい竜」のかたちに。「竜の糸」に。

「龍」から「竜」へ。

「糸」の秘める「星屑」の不気味な力。どこで切っても、「小さな舟」「小さな竜」になり、竜宮をめぐり、惑星をめぐり。


わたしは、考える。「荒ぶる龍」の力が、「美しい竜」の力へ。「食」の源になることについて。

なぜわたしは「食べる」のか。

わたしの根源に「美しい竜」がいる、ということについて。

「若水・ねばり水」

わたしは「若水」について考える。

織姫のこねる「若水・ねばり水」について。

「若水」から「ねばり糸」をつむぐことについて。

「ひももどき」に秘された「荒ぶる龍」のエネルギー。

「ひももどき」から「ねばり糸」へ。「ねばり糸」は「み（身・実）」に。「み」は「美しい竜」のすがたへ。


さらに、ねばり水、若水。「み」をほぐし、溶かしもし。あらゆる「糸」を切り、ほぐし、小さな糸にし、若水に返し。

「糸」の秘める惑星の不気味な力。どこで切っても、小さな身、小さな舟、小さな竜になって、竜宮をめぐり、惑星をめぐる。

「糸」について

わたしは「糸」について考える。

織姫のつむぐ糸。惑星をまわり、遠大な時空をわたる。

その長い弧を描いて「糸」が「美しい竜」のすがたを見せる。

「糸になった竜」。「網」とよばれ、「世界」に投げかけられる。

織姫がつむぐ「網」。「ねばり水」から「ねばり糸」へ。「ねばり糸」から「網」へ。

「糸」は「網」に。「網」は、「舟」のかたちに。

「舟」に折り込まれた「ひももどき」の「荒ぶる龍」の力。

「糸」と「網」と「舟」と。

「舟」はいつしか「竜舟《ドラゴンボート》」と呼ばれ。「糸」は「網」に。「網」は「舟」に。「舟」は「竜舟」に。

そして「糸」は「櫂」に。「櫂」は「手」に。「千手」の「櫂」に。

そして「舟」は、千の漕ぎ手で、荒れる「世界」へ出航し。

「舟」について

わたしは「舟」について考える。

皮袋、浮袋、いかだ、葦舟、パピルス舟、丸木舟、帆かけ舟、カヌー、双胴船、櫂船《かいせん》、帆船《はんせん》、蒸気船、……。

その、最初の舟について。「糸」について。

「糸」が「舟」であり、「舟」が「糸」であり、「糸」が「網」として織られることの不思議さについて。

「舟」の漕ぎ手と、その「手」の不思議さについて。

さらに「竜宮」が「舟」に包まれていることの不思議さについて。

「舟」は包まれ。決して沈まない。

川をゆき、海をゆき、風に乗り、空をとび、「舟」へ。

「舟」は、「天竜」。「天の鳥舟」。空をとび、惑星をめぐる。

「舟」の漕ぎ手と、その「手」の不思議さ。

「舟」の漕ぎ手は、進みながら、「モリ」を打ち、「網」を投げる。

小さな舟は、いつしか寄り合い、大きな舟になり。

大きなモリと、大きな網をもち。

「網」について

わたしは「網」について考える。

「網」。「糸」で渡された「橋」。

たて糸に架《か》ける、よこ糸の「橋」。

とうてい渡れない「河」に架けられる「橋」。

多くのものが行き来できるようになり、「むこう」と「こちら」がひとつになる。

「むこう」でしかないものと、「こちら」でしかないものが、「橋」を通して「ひとつ」になる。

「橋」は深く悩ましい。架ければ交易路になり、禍の侵入路にもなり。

その「橋」の無数に架けたものを「網」と。

「網」は、包み、防ぎ、守り。ガーゼのように。

「網」を守る「防人《さきもり》」。

「包み」を「固める」ことと「包み」を「ひらく」

こと。

織姫は、「竜宮」を包む「網」に「防人」を配す。

「網の目」を締《し》めれば、何ものの侵入も阻《はば》まれる。

少し「網の目」を緩《ゆる》めれば、「光」や「大気」や「水」が入ってくる。

さらに「網の目」を「ひろげる」と。「口の目」「耳の目」「眼の目」「ホトの目」「マラの目」……。

「網の目」の「閉ざし」と「ひろげ」。

織姫は、その「網」を「舟」から投げかける。

インドラのように。

インドラ。雷の神、嵐の神、稲妻の神、戦いの神。

惑星に、太陽風を防御するオーロラのマントを掛ける。地磁気と磁力線を織り込んだ強力なバリアマント。インドラの網。

あるいはナザレの人のように。

彼らは漁師だった。イエスは「わたしについてきなさい。ひとをとる漁師にしてあげよう」と。漁師は、魚網を捨てて彼に従った。（マタイ　4—19）

「糸」の「はし」。「はし」が「橋」に。「はしけ」が「舟」に。「舟」が「渡し」に。空を飛ぶ「渡し」に。「鳥」に。「天の鳥舟」に。「鳥」に架ける「網」に。

「みさき」について

わたしは「舟」の「さき」について考える。

「舟」のもつ、「みさき」。

「舟」に「みさき」のあること。

「みさき」のほうへ舟が行き。「みさき」のほうへしか「舟」は進まない。不思議な習性。

わたしは「みさき」という「さき」について、その「前方」のあり方について、考える。

「舟」の「みさき」の向かう、その「向こうにある先」について。

「舟」は「みさき」でありつつ、みさきの「向こうのさき」に向かう。「向こう」という「さき」に、「前方」に。

「舟」は「前方」に向かう。

「舟」は「みさき」でありつつ、さらに「さき」に向かう。


「舟」の「みさき」の向かう「さき」に「太陽」があり。「惑星」があり。

「太陽」と「惑星」の「めぐり」があり。

「舟」の「みさき」は「めぐり」をたどる。「昼夜」の、「寒暖」の、「四季」の、「こよみ」の「めぐり」を。めぐりの「わ」を。

「舟」の体内時計。「こよみ舟」。「わ」の「先読み」。「先まわり」を。

「先まわり」する「あやとり」を。

「手」について

わたしは「手」について考える。

織姫の、どこまでも「さき」に伸びる「手」。どこまでも「あと」にのびる「手」。


二方向の「手」について。「手」になる「橋」について。

どこまでも「さき」に伸びる「手」。惑星をまわりながら、惑星の「わ」を飛びこえ、「わ」の「さき」に、無限の「あや」を描く。


「あと」にのびる「手」。惑星をまわりながら、「舟」の「さき」をつかみ、確実な「わ」を読む。

昼夜の「わ」。四季の「わ」。

「舟」の位置を読み、明日の「あや」を読み。


「さき」は「あと」を、「あと」は「さき」を。「わ」を。

「さき」と「あと」の、不断の入れ替わり。


「舟」の「さき」は、「舟」の「あと」に。「舟」の「あと」は「舟」の「さき」に。結び目を、巧妙な「橋」に。

「あと」を「さき」に、「さき」を「あと」に。「わ」

に。

「手」を「橋」にする結び。「手」の奇跡。織姫の「千手」の妙技。

「あや」について

わたしは「あや」について考える。

生きものが「あや（すがた）」としてあることについて。

「あや」は「出会い」。世界と出会う「みさき」のかたち。

「舟」が「みさき」を。「みさき」が「さき」を。「さき」が、さらなるさきの「舟」を。その「舟」の「すがた」が「あや」と呼ばれてきたことについて。

「あや」は「出会い」。それが「かたち」「すがた」「道」に。「意志」に。「わ」に。

「舟」―「みさき」―「さき」、の「わ」。

「わ」は「渡り」。「渡り」が「出会い」を。「出会い」が「道」を。「道」があらたな「あや」を。

道（あや）は、一を生み、一は二を生み、二は三を生み、三は万物を生む。

（老子四十二）

「あや」は「出会い」。「あや」は「みさき」。「さき」を思い描く「意志」。「万象」にひらかれてあるもの。

「あやとり」について

わたしは「あやとり」について考える。

出会いがあやを生み。あやが出会いを生み。

あやをとる「手」と「森羅万象」のあや化。その「万象」の「あやとり」の「わ」について。

「あやとり」の「はしご」。片手を放すと、ただの「ひとつのわ」に。

ほうき、家、田んぼ、川、山、舟、星、太陽、海、潮、クマ、犬、ウサギ、ヘビ、カニ、クジラ……。

つぎつぎと「かたち」を変える「あや」。

すべての「万象」が「ひとつのわ」からはじまり、「わのわ」へ。そして「ひとつのわ」にもどり。

その「万象のあや」を、千と万と兆の手が、とる。たった「ひとつのわ」が姿を変え。その「あや」をとる不思議な「手」たち。


ワラウ・インディアンの「あやとり」の複雑な「あや」。「蜂蜜」「爪のあるエイ」「キワタの木」。ワラウのひとたちは、この「キワタの木」でカヌーを造る。

（レヴィ＝ストロース『蜜から灰へ』は、この「あやとり」を挿絵付きで記録している）


まるで「わらしべ長者」。親から、たった「一本のわら」しかもらえなかった男の子。わらを木の葉と、木の葉を味噌と、味噌と刀を取り替え、豊かになる。「一本のわら」がどこまでも「かたち」を変える話。

進化論であるような、ないような。でもそれは「あやとり」の話。「一筆がき」、の話。

一筆がき

星の図形の一筆がき。すごいことができた気になる。「星ができたね」。子どもの嬉しそうな顔。

五角形の星。八角形の星。これも一筆がきで描ける。

三角を六つ重ねた三角形。三角屋根の家。それから二階建ての大きな家も。

ローマから出る道は、一路、アルプス山脈を越え、ドーバー海峡を渡り（舟を使えばいいんだ）、イギリスを巡り、またローマに戻る。ローマの世界地図、「一筆がき」で描ける、と。

ならば「からだ」も、「一筆がき」で描けるのか。

あたまから、あしのさきまで、ぐるり、ぐるりと、胃も、腸も、心臓も、膜も、襞も……ひたすら一路を。

ところが、ケーニヒスベルクにかかる七つの橋を、「一筆がき」で通ることはできない、とスイスの数学者オイラーが言った。

「一筆がき」で描けない世界がある。とくに「からだ」は、と。穴の空いたドーナツ状のものは、と。

それでも竜宮の織姫は、あらゆるものを「糸」で、「網目」で、「ひとつの袋」を、「ひとつのからだ」を、「孔のあいたからだ」を、織る。

織姫の「ねばり糸」。「切ってはいけない」というご禁制（トポロジーの原則）に反し、やすやすと「切っては結び」「結んでは切る」ことを。

「からだ」の「あやとり」の絶妙な「一筆がき」、「わ」の結び。

指先について——ダ・ヴィンチの指

「手」と「指先」をわけて描いたダ・ヴィンチ。

「指先」は「手」の「みさき」。「みさき」は、その向こうにあるものを指し示し。

ダ・ヴィンチの「洗礼者ヨハネ」。少しひねりながら上に向けられた人差し指。ヨハネは指で「上」を指しているのか、「下」から指で突き立てているのか、それとも、写真館で「あらよっ」とポーズをとってみせているのか、にやりと笑っているので、わからない。

それでも、真っ直ぐに浮かび上がるヨハネの美しい指先を、ただ漠然と「手」と見ることができなくなる。絵は、まるで「一本の指」とその「指さすむこう」を見るためだけにそこにあるように。

ダ・ヴィンチの「糸巻きの聖母」。かすかな憂いを漂わせる女人。至高の美しさ。織女なのか。糸巻きを子どもに握らせている。ヨハネの人差し指のような。

気になるのは少しひらいた右手。マリをつくようなしぐさ。子どもに触れようとしているのか、何かを押さえようとしているのか。手かざしのような、中途半端に、宙にとどまっている、五本の指がひらいたままの、どこか男のような手。

「手」と「指」と。

ダ・ヴィンチの「最後の晩餐」。参席者はそれぞれ別々の方向を向いている。生命のすがたのように。強調される参席者の腕と手と指と指先の動き。上を指し、横を指し、誰かを指し、自分を指し、両手で拒むような、両手で哀願するような、乱立する手と指と指先と。その指先だけをたどれば、食卓のまわりを、惑星のようにぐるりぐるりとまわっている。その真ん中で、イエスは浮かぬ顔を。半ば口を開け、左手の手のひらを上向けに、テーブルにだらりと投げだし。右手は指を広げ、何かをつかむように、テーブルに置かれている。あの「糸巻きの聖母」の右手のように。

上にひらいた左手のイエスと、下にひらいた右手のイエスと。そのまわりをまわる指さしの波打ったくさんの方向と。

そして、モナリザ。ほのかにカールされた髪。微笑みに気を取られて気がつかない、髪のゆるやかな波。

「波打つ」ものを描き続けるダ・ヴィンチ。

そして、モナリザの「手」。ふくよかな、二枚の葉が重なるような。しっとりと、寄り添うような。右手が左手をかばうような。「結ぶ」のではなく、「わ」になるかのような。

「手印」について

わたしは人差し指と親指をくっつけて「ＯＫ」にする。

手印《しゅいん》、手の「あや」のはじまり。

仏の手。繊細で、やわらかく、おそろしく長く。指に水かきがあり、まっすぐ立つと両手でひざをなでることができ。体毛は上をむき、たなびき、舌を出すと顔全体を覆うことができ。

軟体生物のように。

正座する鎌倉大仏の両手。へそのあたりで組まれた「定印《じょういん》」のかたち。

行者たちは、いつしか、腕と手と指で、宇宙の森羅万象が表せると考えた。二本の腕とふたつの手と十の指。仏師たちは、さらに四手、六手、千手の仏を彫り、万象を示す具物《ぐぶつ》を持たせた。

しかし行者たちは、具物を放し、「手」と「指」のかたちだけで、万象を描くようになった。

「手」と「指」で「印」を結ぶ。「手印」のはじまり。

右手は仏界、左手は人間界。

指の五本を、「五輪」「五大」「五根」に。

指のみなもとに、地、水、火、風、空を。

右手は、慧《え》、知、実、観、慈を。

左手は、定、理、福、権、止、悲を。

そして、創造され、組み合わされる、無数の「手印」。

大日剣印《けんいん》、虚心合掌印、愛心印、破地獄印、仏眼の印、大慧力《えりき》の印、文字文殊《もんじゅ》の印、八葉《はちよう》の印、日天《にってん》の印、北斗の印、金輪《こんりん》の印、隠形《おんぎょう》印、触地《そくち》の印……

（各「手印」はネットで見られます）。

「指」だけでつくる「あやとり」のような。「一筆がき」のような。

波――北斎の「波間の富士」

わたしは「波」について考える。

「波」にゆれる「舟」について。北斎、富岳三十六景「神奈川沖波裏《かながわおきなみうら》」について。

波は伝わる。

北斎の「波間」。大波に翻弄される三艘の舟。いまにも波間に飲み込まれそう。小さく小さく描かれる乗客。大揺れの舟でうつむき、舟底にしがみついている。遠くに富士。丸い円の中にぽつんと描かれる不動の富士……。

不動、などというものが、この世にあることを北斎は描いていたのだろうか。富士だって、大波の下に、大波に飲み込まれるように、描いているのではないか。日本沈没をもくろむ大震災の大津波に、飲み込まれるように。

波は、「一本」につながっているものに、伝わる。「一本」につながっているものであれば、つぎつぎに、どこまでも、伝わり、揺り動かされる。もし「からだ」も、「一本のわ」であれば、一点で起こる「波」は瞬時に、「からだ」のあらゆるところに伝わる。

波はゆらす。あらゆるものを揺るがす。北斎の「波間の富士」のように。

馬娘婚姻《ばろうこんいん》ばなし

東北の語り伝え。娘が飼っている馬を好きになり、結婚したいと思う。腹を立てた父親。馬を殺し、皮を剝ぎ、木にぶら下げてしまう。すると馬の皮は、娘を包み、空へ舞い上がり、消えていった。父親は夢の中で、娘がカイコになったことを知らされる。それ以降、父親はカイコに桑の葉をやり大事にしたので、カイコは、糸を吐き絹織物をつくれるようにしてくれた。

大草原を天がける騎馬民族。その、馬の皮を衣服や家屋につかう文化。一方、カイコと桑の葉で織物を作る中国文化。古代の「ふたつの衣」の融合過程が、この「婚姻」物語に託されてきた。皮をマント（外套）のように被る文化（オシラ様のてるてる坊主のように）と、布を織り込み、折り紙のように着る文化と。ここに、ふたつの織姫がいる。「皮」を織る織姫と、「糸」を織る織姫と。

ノアの方舟《はこぶね》

ノアは主の声を聞いた。木の方舟を造りなさい。たくさんの小部屋のある三階建ての方舟を。そこに、すべて命あるもの、肉なるものから、雄と雌の一対をえらび、方舟に集めなさい。ノアは主の命じられたとおりにした。洪水は四十日続いた。（『創世記6』）

なぜ「舟」だったのだろうか。なぜ「洪水」だったのだろうか。ノアは、あらゆる生きものをすくいとる「網」をどうやって造ったのだろうか。

そんなことをしなくても、と、ゲノムを解読した科学者たちはノアにいうだろう。あらゆる生きものの遺伝子（ＤＮＡ）は、折り畳まれて、ノアの細胞の一つ一つに、受け継がれているのだからと。ノア自身の中に「方舟」があるのだからと。

ノアの方舟。あらゆる遺伝子が集められた「舟」。

もちろん本当は、「集められた」のではない。「舟」に、はじめに「二」あり、それが「多」になり、「ノアの方舟」のように見え。

「井戸」について

かつて稲植《いなうえ》神社の上の小山の頂《いただき》に、荒神を祀《まつ》る祠《ほこら》があり、井戸の跡があった。こんな山の上に、なぜ井戸が、と子ども心に思っていた。

湧き水の出そうもないところの井戸。

飲み水のためではなく。

竜宮の庭の深い井戸、もう一つの竜宮につながっている。

若水のあふれ出る四十億年つづく井戸。

織姫は、星屑と水をこね、ねばる水、若水を造り、井戸にあふれさせ。

若水は、ラセンの井戸を通り、生きもののからだの隅々に行き渡る。

ねばり水、たんぱく質。

手になり、足になり、目になり、耳になり、血になり、防人になり。

ねばり水、若水。

川になり、「竜宮」すべてに広がり、臓器の、草や茂みの、すべてに行き渡り。川は筒になり、舟になり、防人を運び、「庭」にひろがり、「異物」と戦い。

プロテウス——変身と予言の

ねばり水のギリシアの神、プロテウス。変身と予言の神。地中海の神々が生まれる前の、もっとも古い海の神。

現在、「プロテイン」「たんぱく質」、と、冷めた名前でよばれている。

でも彼の予言は当たる。彼から予言を聞かなくては。

しかし、この神をつかまえることは至難の業だ。大勢で押さえ込んでも、獅子《しし》、大蛇、ヒョウ、大イノシシ、水、大木などに変身、すり抜ける。まさに「たんぱく質」の変質。ゼリー状「プロテイン」の変容。

プロテウスはなぜ変身の神でありつつ、予言の神なのか。なぜ彼は、予言を好まず、いつも隠れているのか。彼から予言を聞くために、なぜ押さえ込まなくてはならないのか。

もし予言の根拠が、過去の中にあるとしたら。

もし予言が、過去からしか学べないものであるとしたら。過去のあらゆるものの変身を生きてきた彼の中に、未来を予言するものが確かにあるとしたら。そうだとしたら、予言を聞くために、なんとかして彼を押さえ込まなくては。

袋——海の中で

わたしは「袋」について考える。

海の中で、川の中で、水たまりのなかで、「浮かんでいる」ものについて。

椰子の実やひょうたんや木の葉について。

わたしも、プールの中で、風呂の中で、「浮かんで」みる。

わたしは、水の中で、わたしの足の先を、腕の肘を、背中を、耳のうしろを、ふだん感じないところを感じている。水に囲まれているわたし。ひとつの「ふくろ」のように、「舟」のように、感じている。

わたしには、わたしを「ふくろ」として感じる次元がある?

それでも、わたしには「あな」があって、そこから「わたし」が少しもれる。わたしは「そのあな」に気を取られる。すると、「ふくろ」であった「わたし」は、急に「ただのわたし」になり、「ふくろ」であった次元を失う。「ふくろ」の感覚の喪失。

「ふくろ」は「網」。「網の目」の知恵。固く「網の目」を締めすぎると「石」になり沈み。「結ぼれ」に。

「網の目」は、開きすぎても、閉めすぎても、沈む。「過呼吸」に。

沈まぬように、「浮かぶもの」に、「ふくろ」に。

浮世の、浮き舟の教えに。

織姫のホト

スサノオが服屋《はたや》の天上に穴を開け、馬の皮を投げ入れたとき、天の服織女《はたおりめ》が驚き、梭《ひ》で陰上《ほと》をついて死んでしまった。

アマテラスは、恐れて岩屋にこもったが、神々の咲《わらう》のを聞き、岩戸を細めに開けたところ、手力男《たぢからを》の神が岩戸を大きく開けてしまった。

「網」には「メ」があって、きつく締めたり、広げたりできる。

スサノオの投げ込む「皮」のマント。きつく締まった「網のメ」を。

服織女の「メ」は、やわらかい「網のメ」を、している。

ふたつの「網のメ」。馬を使う民族の鍛冶や鉄文化の「網のメ」と、絹を織る機織りの文化の「網のメ」と。

固い「網のメ」と、やわらかい「網のメ」と。

生と死の分け目を感じる文化の違い。

アマテラスの籠《こも》る「岩屋」も、アマテラス自身の「網」。固く締めた「岩戸・ホト」を少しゆるめるのは、笑いで和むときだった。すこし細めに「岩戸」をあけ、そこに「手力男の神」の「手」が。

一方、日向の阿多《あた》の姫。川で用を足していると、大《おお》物主神《ものぬしのかみ》の化けた「丹塗矢《にぬりや》」が姫の「ホト」に。そして子を孕む。

「網のメ」は、生を結ぶときと、死を結ぶときの、真逆の物語を結ぶ。

先守《さきもり》と防人《さきもり》

わたしは考える。

先守《さきもり》が防人《さきもり》であり、防人《さきもり》が先守《さきもり》であり、「先まわり」であることについて。


東国から、はるか九州沿岸の警備へ。

ことばの網、方言の網、母語の網。

異語を撃て。

防人たちを送る都人。

国国《くにぐに》の　防人《さきもり》つどひ　船乗りて　別るを見れば
いともすべ無し
万葉集四三八一
（諸国の防人たちが、集まり、船に乗り、別れてゆくのは、なんともつらい光景だ）

我が妹子《いもこ》が　偲《しの》びにとつけし紐《ひも》　糸になるとも
我は解《と》かじとよ
万葉集四四〇五
（愛しい君が、防人に行く私を思ってつけてくれた紐、どんなことがあっても解かないからね）

織姫も「みさき」に垣根《かきね》を張る。すっぽりと竜宮を包み、竜宮を守る網をあむ。異物に触れると、「小竜」を放つ。無数の「小竜」を。

「みさき」の向こうの「さき」へ。

「さき」を守る「先守《さきもり》」と、異物と戦う「防人《さきもり》」と。

「こよみ」について

わたしは「こよみ」について考える。

宇宙の「刻《きざ》み」について。惑星の「めぐり」のもつ「刻み」について。その「刻み」を「こよみ」と呼ぶ「刻みのあや」について。その至高の知恵について。その「わ」の感覚の妙へ。
「あと」を振り返りつつ「さき」を読む。「こよみ」の「あやとり」の予知と予言の妙技について。

太陽のめぐりと、月のめぐりと。地球の自転と。
太陽暦と太陰暦《たいいんれき》と。イスラム暦とエジプト暦と。ユリウス暦とグレゴリオ暦と。アイヌ暦とインディアン暦と。フランス革命暦と明治改暦と……。

日時計、水時計、教会の鐘、お寺の鐘、腕時計、こよみのデジタル化。

体内こよみ。生きものの四季。季節の予知。餌場の感知。性を求め、卵を産み、子どもを育て、「わ」の生態化。

体内こよみ。生きものの「成長」、「発達」、「進化」として。「変身」として、「変態」として、「メタモルフォーゼ」として。

「臓器」として、「方位」として、「共同作業」として、「わ」の軌跡化として。

ひとびとのこよみ。動物移動の予測、種まく時期の予期。
戸籍創出、年齢を計り、労働時間を割り出し、社会を作り、成人を決め、結婚を決め。
兵士を決め、年貢や税金のとりたてを決め、階級をきめ。「わ」の支配化へ。

こよみ。「舟」の「みさき」とその「さき」。「こよみ」の「先まわり」が基《もと》にされている。

神話「千手」のはじまり

わたしは考える。
太陽と大地に縒《よ》り合わされ、「千手」が生まれ。
「千手」は、ひもとして、包みとして、あやとして。

「千手」の「て」。

「て」は、目として、意思として、方位として、かたちとして。

「て」に「先」が、「後」が、あり。

「先」は「目」となり、「方位」になり。四方に「て」を伸ばし。


「千手」は意思を包み。包みがたくさんの包みを包み。


包みが袋に。袋が包みに。

包みと袋と。「千手」が紡《つむ》ぐ。

「て」。それは「千手」の意思。


「千手」。あやをとる手、あやを見る目。

「千手」。世界をあやに。

「千手」。あやに包まれ、あやとりをし。

植物のあやとりと、動物のあやとりと。

あやとりの、過去と未来の紡ぎ。


「て」が「先」へ。ひもとして、包みとして、方位として、大地から太陽へ向けての「飛び」として。

ひもに先あり、後あり。先が、目になり、手になり、後になり、前になり。

先と後が、「わ」になり、結びが包みになり、前と後ろがつながり「こよみ」になり。


「こよみ」の「わ」。「千手」のつくりもの。

「もやい結び」について

わたしは考える。
輪結びの王。「もやい結び」について。
最も簡単な結び。
結び目が強く、なのに、結び目は硬くならず、ほどきやすく、
信頼性が高く、さまざまな用途に応用され。
太古の石器時代から。
「もやい結び」。海外では「Bowline Knot（ボウリ

ン ノット)」。
Bow船首、Knotむすび。舟のみさき。
みさきを岸につなぎとめる「わ」。
なぜ和語で「もやい」と。
「もやい」の「もや」、「もよほす(催す)」から(白川静)と。
多くの人々の集い、もよおし、むすばれる場に、
「もやい」が、「もやい結び」が。
いのちのもやいむすび、が。
(「もやい結び」、ユーチューブで見られます)

千手《せんじゅ》観音

わたしは考える。
最初に「千手」の仏の立ち姿(あや)を考えた仏師について。
苦しむ衆生のすべての人に差し伸べる「手」。
その手の「先」の、ひとつひとつに「目」があり。
手の先の「目」で、ひとりひとりを慈しみ。

そんな「手」が「目」であることについて。
千手千眼。
その、千里眼としてある「手」について。

仏像として、その「千手」を彫りこんだ仏師たち。
正面から見ると、背中から実際に百もの「手」が。

まるで裏返した「カブトガニ」のように。
甲羅を「光背」と見立てれば、多手多肢の姿。
四億年前から生き延びる「生きている化石」。
長寿の「カブトガニ」。仏よりもうんと昔から。
青い血液に、四億年を生きる「防御の知恵」、「完璧な防人」が。
この「青い血液」が「にんげん」の「病」に効く薬になる道の発見。
「カブトガニ」の乱獲と絶滅。
カニ類ではなく、クモ類の「カブトガニ」。
「仏」が「クモ」に似ている?
そうではなくて、「クモ」が「仏」に。

II

いきもの篇

「先まわり」について

わたしは不思議に思う。

いのちが「先まわり」であることについて。

「いのち」のあらゆる説明が、この「先まわり」の「あと」から説明するものになっていることについて。

「先まわり」の、「周期性」の。

ぐるりぐるりと、「先」が「後」に、「後」が「先」に。

そして、いつしかずいぶんと「先」が読めるようになり。


「先」と「後」をむすぶもの。

「て」とよばれ。

「て」が、未来の、すがたかたちを。


ぐるりぐるりと、「わ（環）」の、ラセンの、うんと「先」まで読めるようになり。

その「先まわり」のラセンの「わ」が「生命糸」になり。「種《たね》」になり。

「生命糸《せいめいし》」について

わたしは不思議に思う。

なぜいのちは、「ひとつ」にみえるのに、「つながって」もみえるのか。

受精し、分割し、成体し、子孫を残し、消えさり、また現れ。

なぜいのちは、「そこ」にいればいいのに、海流をまわり、地中をまわり、空中をまわり、ぐるりと。


朝昼夕夜、春夏秋冬、寒暖晴雨、空腹満腹、吉凶禍福、喜怒哀楽、幼若壮老……。

先と後と、上と下と、光と闇と、太陽と大地と、口と尻と、親と子と……。


なぜいのちは「めぐるもの」に引き裂かれ、分散し、ばらばらに、切れ切れになってもいいのに。そうならずに「つながって」いて。


「遺伝子」とよばれてきた「生命糸《せいめいし》」。

「めぐるもの」をむすぶものがいて。

「めぐるもの」が、「わ」としてむすばれ。

「わ」の根源に「て」としかいいようのないものが。

「糸」のように「いのち」をむすび。

惑星を回るような長さに。

先まわりする「生命糸《せいめいし》」。

「生命糸《せいめいし》」の「わ」。

「わ」の「わのわ」の「あや」に。

「て」の起源

わたしは不思議に思う。

最初の「て」。

「て」の起源はどこにあったのかと。

《異聞1》
炭素。根源の誘惑者。
炭素原子の左手。四本。塞《ふさ》がっている。
炭素の右手。四本。空いている。
近づくものを、待っている。
近づくものを、四本の手で誘惑、招き寄せる。
炭素の鎖。高分子の「網」。多手多肢の「あやとり」。
アミノ酸、糖、核酸塩基、ＲＮＡ、ＤＮＡ、たんぱく質、セルロース、デンプン……。
高分子の多手多肢、生体膜の「繭《まゆ》」を編む。
「誘惑」しながら「繭」を編み、「繭」を編みながら「誘惑」する。
「繭」から伸びる多手多肢。

《異聞2》
原核生物の出現。ＤＮＡを包む膜をまだ持たない生きもの。ウイルス。それから細菌、バクテリア。全身に無数の突起と繊毛《せんもう》と鞭毛《べんもう》。
なぜ生体膜に「宇宙着陸船のような足」や「コロナ

状のスパイク」や「繊毛」や「鞭毛」があるのか。

「千手《せんじゅ》」がなぜ「生体膜」や「スパイク」や「繊毛」や「鞭毛」になっているのか。

深海、熱水、泥、捕食者、危機は全方位に。

全方位の危機から身を守る「千手」が生まれ。「千手」が「細胞膜」「繊毛」「鞭毛」と呼ぶ「繭」をつくり……。

生命の根源が「手」として、「千手体《せんじゅたい》」として、「千手体」の中の「千手体」として。

「種《たね》」のこと

わたしは不思議に思う。

生きものが「種《たね》」をつくることについて。

「生命糸《せいめいし》」が「種《たね》」になることについて。

「わ体」が「種《たね》」に、「種《たね》」から「わ体」が。

「種《たね》」を通して世代がつながり。

性と世代交代が、「種《たね》」の「わ」の営みに。


「種《たね》」の中身の不思議と、外見の不思議について。

「種《たね》」。太陽を読み、大気を読み、大地を読み。風を読み、気温を読み、湿度を読み。気象を読み。はじけ、羽を付け、棘を付け、綿を付け、飛び、浮遊し、回転し、付着し、もぐり、根を出し……。

「種《たね》」。守り、耐え、予期し、企画し、分離し……。求め、融合し……。

知覚し、認知し、記憶し……。

あるときは、「細胞」とよばれ、「カプシド」とよばれ、「プラヌラ」とよばれ、「胞子」とよばれ、「種子《しゅし》」とよばれ、「卵」とよばれ、「精子」とよばれ……。「種《たね》」などとは呼ばれないのに、「種《たね》」としかいいようのないものについて。

『種《しゅ》の起源』から『種《たね》の起源』へ。

「種《たね》」の発現

わたしは不思議に思う。

「種《たね》」から「実／身」ができれば、もうすでに「実／身」に「種《たね》」ができていることについて。

「種《たね》」が、過去を孕み、未来を孕んでいる、ことについて。

二〇〇七年、ヒトの皮膚からｉｐｓ細胞（人工多能性幹細胞）がつくられ。

成体になった生体細胞から生殖細胞（種細胞）がつくられ。

「成体」の「若返り」が見つけられ。

でも、「種《たね》」から「実／身」ができ、「実／身」から「種《たね》」ができ……とは、すでに「生命体」そのものに、「種《たね》（再生）」の仕組みが備わっていて……。

その一端を、山中伸弥氏が「発見」した……と。

この発見が、「皮膚からｉｐｓ細胞（人工多能性幹細胞）をつくる」と「説明」されたが、あらゆる細胞に実は「種《たね》」があり、タネと仕掛けがあることを見つけたと、いわれてもよかったと。

「種《たね》」の中に「実／身」が。「実／身」の中に「種《たね》」が。「種《たね》」の中に「種《たね》」が。

そこに、発現する「種《たね》」と、発現の抑制される「種《たね》」と。

さまざまに、「再生」と「発現」を宿す「種《たね》」が。

「束ね」について

わたしは不思議に思う。

生きものが、「わ」の「束ね」であることについて。

生きものが「わのわ」として、「束ね」であることについて。

髪を「束ねる」ように。さまざまなあや（姿）に変えながら。

「束ね」。

「くくり」。

「くくむ（つつむ）の意も」「しばる」「しまる」「しむ（強くくくる）」。「つつしむ」も。（白川静）。

ところで、だれが、束ねるのか。

なぜ、くくるのか。


「束ね」には「ほどけ」が。

「くくられたもの」にもほどきが。

「束ね」のほぐれ。物忘れ。

ほぐれの不思議。

分解、腐敗、溶解、消化、発酵、融合、代謝、腐乱……。

解離、離人、健忘、認知症……憑きもの、憑依、擬態……。

「似せ」のこと

わたしは不思議に思う。


いきものが、守り、攻め、衣をまとい、手を伸ばすとき、いつも何かに似せていることについて。

環界に「似せ」、恐いものに「似せ」、優しいものに「似せ」、香りに「似せ」、音に「似せ」、食べ物に「似せ」、食べられない物に「似せ」、捕食者に「似せ」……。


いのちの「枝分かれ」という説明。

系統図。

原核生物から真核生物へ。菌界から植物界、動物界へ。

枝分かれといい、系統といい、進化といい。

「はじまり」から、「分かれ」があるのなら、あらゆるものは、「似ている」のではないか。

「似せもの」があるのではなく、そもそもあらゆる生きものは、根本が「似ている」のではないか。

「種《たね》」と「遺伝子」と「生命糸《せいめいし》」

わたしは不思議に思う。

進化の系統樹。はじめに生まれた「単純なもの」が、しだいに「複雑なもの」になり、その過程は「遺伝子」に保存されている、と言われることについて。

「最初の種《たね》」に「後の種《たね》」のすべてがあり。

「進化」の中で、「種《たね》」は少しずつ「発現」し、また「発現」しなくなり。有利に「発現」し、不利に「発現」し。

もしも、原核生物から原生生物が派生し、原生生物から菌類、植物、動物が派生し、さらにそこから人間が派生してきたと、考えるとしても、人間には、それまでの過程が「種《たね》」として残っていなければならない、ということについて。

ところが人間はムカデのようには歩かず、鳥のようには翼を作らず。系統樹で枝分かれした生きものの「種《たね》」は、人間の中では「発芽」「発現」しないように。そして人間独自の「種《たね》」だけを「発現」させるように。

《異聞》

「種《たね》」は「先まわり」の「あやとり」。

「糸」のようにつながった分子で、それぞれの生きものの「あや（すがた・かたち）」が紡ぎ出され。

「遺伝子」から「生命糸《せいめいし》」へ。

花には花の「あやとり」が。虫には虫の「あやとり」が。

ところが、すべての生きものはつながっているのだから、どこかで花のあやを虫が「あやとり」し、虫のあやを花が「あやとり」できないわけではなく。

「個」のあやに見えるものが、たくさんの生命糸《せいめいし》のあやとして。

「個」に、いつもたくさんの「わのわ」が。

その「わ」が、生きもの同士で交換され、共有され。

なぜそのようなことが可能になるのか。

「個」のなかにすでに、無数の生命糸《せいめいし》の「あやとり」が内蔵されていて。

「て」と「膜」と「毛」

わたしは不思議に思う。

生きものを包む生体膜について。生体膜に「毛」があることについて。そもそも生体膜そのものが「毛」ではないのかということについて。


生きものが二種類に分けられることについて。

ひとつの生体膜に包まれた生きものと、いくつもの生体膜に包まれた生きものと。

しかし、どの「生体膜」も「手」としてあることについて。


初源の生きものの、全四方と向きあう生体膜。

全四方に触れ、全四方を感じ取り、全四方に働きかける生体膜。

触れながら、つかみながら、溜めながら、耐えながら、守りながら、入れ替えながら、複製しながら、変成しながら……あらゆる事態に「先まわり」して、向きあうもの。「生体膜」。それが「手」であり「毛」であり。

「くう」の存在

わたしは不思議に思う。

生きものの中に、「くう」と「くわれ」がある、ということについて。そもそもの「はじまり」が「くう」であり「くわれ」であり、「わ」になっていることについて。

「しきそくぜ・くう」という存在について。

「色即是・食う（生けるもの・これみな・食う存在）」ということについて。

「空腹」にせかされ。

「飢え」にせかされ。

消えてしまわぬように。

さまざまなすがたで「くう」が存在することについて。

「くう」は出会い。

「くう」は結合し。

「くう」は化合し。

「くう」は姿をかえ。

消化し、溶かし、細断し、分離させ、吸収し、造りかえ、所有し、産み……新たな「わ」をつくる。

「くう」は「つながり」。

「くう」は「むすび」。

「くう」は「わ」。

「わ」のむすび。

「わ」を束ねる「て」。


あらゆる生きものが「くう」として存在し、結合し、分離し、造りかえ。


「くう」の「くう」もの。

光を。熱を。大気を。風を。水を。土を。

バクテリアを。ミジンコを。草を。魚を。虫を。獣を。ひとを。


「くう」。


「くう」のすがた。

「くち」のような、「しり」のような。

「つつ」のような、「ひも」のような。

「ねじり」のような、「らせん」のような。


「くう」が束ねられ、ひとつの「ふくろ」のように。

骨、皮、血、五臓六腑……。

「くう」が「ふくろ」になって、「束」になって、

「姿」になって、「種」になって……。

「て」と「種《たね》」と「庭」

わたしは不思議に思う。

たんぽぽが「ある」ために、そこに「種」と「庭」と「て」があることについて。


わたしは不思議に思う。

まず遺伝子が、と。DNA（デオキシリボース、リン酸、塩基 から構成される核酸）でできた高分子化合物の……と「説明」されることについて。

DNAの文字列（A・T・G・C）が「読める」といわれることについて。

DNAが「たんぱく質」をつくる元であり、「複製」をつくり、ついでに「突然変異」もつくる、と「説明」されることについて。


遺伝子、DNA、染色体、ゲノム……。


「庭」と「種《たね》」はどこに?。

「庭」は「種《たね》」の育てられる「特別な土地」。

その「庭」の素材を紡ぐ「て」。

「て」がなくては、「すがた／かたち」は生まれない。

「庭」は「種《たね》」とともに、「種《たね》」は「て」とともに、

「て」は「庭」とともに。


「には／にわ」は「神を迎えて祀る場」（白川静）。

「庭」と「種《たね》」と「て」が、「わのわ」として、発現の場を創りあって。

太陽虫《たいようちゅう》

わたしは不思議に思う。

最も美しいといわれる太陽虫。透明なウニのように、球状の四方八方に針を突き出し、近づく獲物を刺しては引き寄せ、食う。

針は、放射糸、微小管と呼ばれ。仮足、軸足と呼ばれ。


丸い細胞から、細胞質が「糸」のように突き出、

「手」になり、「針」になり。

太陽虫の針は柔らかい。細胞質の針は、固まり、液化し、手足のように。

針に突き刺さる獲物。針は収縮し、たぐり寄せられ、食胞に飲み込まれ。

この太陽虫。繊毛、鞭毛ではなく、なぜ針のように

四方八方に飛び出すものをもったのか。

あらゆる針や棘をもつ生きものの起源が、この太陽虫にあるように見えることについて。

ヒドラ

わたしは不思議に思う。

ヒドラ。不気味な怪獣のような名。小さな細い体幹の先の「口」。

「口」のまわりの八本の長い触手。水中の岩場や生きものに付着する「足盤《そくばん》」。小さく動く。触手にびっしりと刺胞と毒針。体幹の数倍にも伸びる糸をつけて発射。針がプランクトンにささり、毒液の注入、口にたぐり寄せ。

体はちぎれても、高い再生能力。さらに、卵巣と精巣で有性生殖も。

こんな小さな生きものが、なぜこんな巧妙な「狩り」と「増殖」のしくみを生きているのか。


ヒドラの体幹（ポリプ）から、発芽したプラヌラ（幼生）。繊毛をゆらし海中に泳ぎ出る。

なぜ、プラヌラのヒドラが、岩についた体幹（ポリプ）で生きる形と、ポリプから分離しクラゲのように浮遊して生きる形の、二つの姿をもっているのか。


海底への固着体と海中の浮遊体。

ヒドラ。

のちの大地に根をはる植物と、大気中を飛ぶ昆虫や鳥の、両方の生きる姿を自らに造り出した生きもの。

アメーバ

わたしは不思議に思う。

アメーバの、「仮足」とよばれる「手」の運動について。葉状仮足、糸状仮足、有軸仮足、針状仮足、網状仮足……手でも足でも、目でも耳でも、口でも胃でも脳でも、あるような「仮足」について。

スライムな「身」の、あらゆる部分が「仮足」になり。ゾル（柔らかく流動的）からゲル（固くて流動しない）へ。ゲルからゾルへ。原形質流動。「みさき」で「ゲル」になる。

一般に「細胞」と呼ばれる「袋」。「骨格」になるアクチン繊維。しっかりと取り巻き、「容姿」を固めている。

アメーバの「袋」。アクチン繊維がしっかりせず、細胞膜と離れ、そこに細胞質が流れ込み、「仮足」になり、移動し。

その不思議で複雑な動きを見せる生きものが、「単細胞」と呼ばれる不可解さ。

アメーバ。肉質虫類。目には見えず、地中一グラムに二十万匹も。水中にも。原虫とよばれ、原生生物とよばれ、内部に簡素な「核」しかないといわれ、どろりとした粘液質のスライム（細胞質）を、「内臓」のように変形させ、生きている。餌（細菌など）を見つけると。「仮足」で取りかこみ、体内に取り込む。「仮足」が「口」になり、スライムの中の「食胞」に取りこみ、栄養分を吸収すると外へ排出。

「仮足」は切られても本体は生きている。「核」さえ残っていれば。

神経も、脳も、目も鼻も口もなく、手も足も、決まった姿形さえもたず、それでも、神経や脳があるかのように、「指令」があり、目や鼻や口があるかのように、「餌」に向かい。そして手も足もなく、決まった姿形もないのに「仮足」で移動し「仮手」で捕食し……。

《異聞》

アメーバの「仮足」は「千手」。「千手」であらゆる「あや」をつむぐ。この「千手体」。複雑な「真核生物」ができる前の、原始的な「原核生物」の中枢にあり。

「千手体」、「若水」が糸になり、糸が舟になり、舟が網になり、そしてこの網の舟に「みさき」があり、「みさき」が、さらに「さき」に向かうものの呼称になり。いのちの基本の営みの呼称。あらゆる生きものの中に、この「千手体」が、「先まわり体」として動いていて。

変形菌

わたしは不思議に思う。

森の朽ちた木々。落葉。変形菌たちの「庭」。小さな舟たちの狩り場。原生アメーバと違い、なぜ目に見える大きさまでに。

小さな舟。ばらまかれた胞子からそれぞれにどろりと出航し、目に見える粘菌アメーバとして「仮足」をつかい。四方に「網状」に動き（網目状に動く原形質流動は、まるで血管を動く血液みたい）、バクテリア、細菌類を捕食しながら大きくなる。水分の多いところに出航し、「遊走子」と呼ばれ、二本の鞭毛をもつ「小舟」として水中を動き回り、水分が薄れると粘菌アメーバになり、「仮足」で移動し。「仮足」が獲物に出会うと包み込み、そこを「口」にして、取り込み消化する。「仮足」が「口」になり、「口」が「胃袋」になり、「胃袋」が「肛門」になり。「ひとり百役」。「多目的ホール」。原生アメーバと同じに。そして、さかんに核を分裂させ、数を増やす。

数の増えた粘菌アメーバ（変形体）。少しずつ寄り集まり、接合し、大きな粘菌アメーバ（接合体）に。支流が大河になるように。

たくさんの核を合流させた大河。どこを切っても「死ぬ」ことがなく。

彼らがいなければ、世界のバクテリア、細菌類は、うんと増えていただろう。

餌がなくなると、大きな変形体、移動を止め、定住の姿に変わり。植物みたいに「根」をつけ、柄を作り、胞子の入る「袋」（子実体）をつけ。

なぜ粘菌アメーバのまま、小さく分かれ、飢えに耐えることをしないのか。なぜ胞子をつくるようになったのか。

「袋」（子実体）。地上を這う粘菌より高くに伸び。そこに蓄えられた胞子、乾燥し軽くなると、時期を見、「袋」からはじけ、空中へ飛び出す。乾いた

「風」の吹く時。

胞子は風に乗り、遠くへ飛ぶ。餌のある新天地へ。

そこには、地上を這うアメーバではたどりつけない。

もしそういうことだとしたら、変形菌は、地上に「風」が吹いていること、その「風」の吹くとき、吹かないとき、のあること。弱い風と強い風のあること。など、あらかじめ読み、それに向けて体を、生き方を、変形させていることになり。

そんなことを、目も鼻も脳もない生きものが、どうやって「予期」し「実行」し、生きているのか。

《異聞1》

『風の谷のナウシカ』に「粘菌」が。

「知性」を持って生きる生きものとして描かれ。

大地を覆いつくす巨大な原形質流動。いかにもマンガのように見えながら、四十億年、大地や水中に生き続けてきたアメーバたちの総体。マンガで描かれるよりもはるかに巨大な量が生み出されている。

植物でも動物でもなく、と形容されるのは、じつは植物や動物になる以前の、変形流動体としての生命のかたち。宮崎駿はこの「生命の原型体」を描こうとしていたのか。

その生き方が、その後、生きものの「免疫」として生き続けてきている。

《異聞2》

変形菌。若水、ねばり水。小さな舟になり、小さな舟は、寄り集まり、大きな舟になり、井戸をつくり、井戸を網のように張り巡らせ。

四十億年、変形することで生きのび、アメーバのように動き回り、キノコのように胞子を作り。

動物学者は原生動物に、植物学者は菌類に。動物でもあり、植物でもあり、つねにふたつの顔を生き。

アメーバの時は「小さな竜」に。寄り集まれば「大きな竜」に。そして細菌などを捕食し、捕食しながら、「竜」は波打ち、変形し、増殖し、さらに色鮮やかな「巨大な竜」に。翼を広げて移動し。

高速度カメラで撮影された、変形菌の移動。どっくん、どっくんと波打ち移動する姿。いったい何が制御しているのか。指令者はどこにいるのか。なぜふたつの生活環で姿を変えるのか。

菌《きん》糸《し》

わたしは不思議に思う。

森の地中。びっしりと網の目に広がる菌糸の世界。自ら栄養はつくらず、菌糸の先から酵素を出し、まわりの栄養物を分解し、吸収し。まるで「動物」のように。鞭毛菌類、接合菌類、子嚢《しのう》菌類、担子《たんし》菌類、不完全菌類……。

この見事な分解者たち。彼らがいない世界では、森に、林に、野原に、死物たちが分解されずに溜まり続ける。

カビ、きのこ、酵母……。うとまれ、喜ばれ、大事にされ。菌糸は、どこまでも伸びる。どこまでも枝分かれのように。

菌糸の「さき」。その「みさき」に蓄積される「酵素」は何者なのか。

ゾウリムシ

「大河に逆らひ、限りなく、わが櫂《かい》は」（ヴァレリー「漕《こ》ぐ人」中井久夫訳）

わたしは不思議に思う。

繊毛虫の「毛」の動き。ゾウリムシの泳ぎ。全身一万本のオール・繊毛を波打たせ、体をよじり、くねらせ。

「万手」の「漕ぎ手」。

沼の、池の、太古からの定住者。楕円形の、円筒形の、繊毛者。

「単細胞」と呼ばれ。

ねじれた円筒形の中央の細胞口。細菌をとりこみ、食胞へおくる。細菌は消化、体内に溶かし込まれ、廃棄物は細胞肛門から排出され。

それでも、体内に「造園」の区画がある。細胞口、

細胞咽頭、食胞、細胞肛門、小核、大核、収縮胞、繊毛……。

そして、無性生殖の分裂と有性生殖の分裂、のみごとな使い分け。

それなのに「単細胞」と呼ばれて。「単」などといっていいのか。


ゾウリムシの「天敵」。小さなシオカメウズムシ。ゾウリムシの内臓めがけて食らいつく。内臓は破れ、中身が流れ出。それは丸ごとシオカメウズムシに吸い取られる。

分化した内臓をもつゾウリムシ。アメーバや粘菌のように、切られても生きる、というふうにはいかない。

血管について

わたしは不思議に思う。

血管が全身に伸びていることについて。

伸びている（赤道の二倍以上の長さに）、とはどういうことか。アメーバのようにか。

血管は「網」のように張り巡らされている、と。「網」のように、とは、どういうことか。誰が「網」を張っているのか。

血管そのものが「網」のようにできている……のに。

血管から、血液が出て、酸素、栄養、免疫の活動をする。血管を出て、とはどういうことか。血管が「チューブ」ではなく、「網」の「目」になっている……。

血管が全身に「網の目」のように。さらに、血管そのものが「網の目」のように。


血管が伸び、血液が全身に行き渡る。

血管が伸びるから血液は行き渡るのか。血液が行き渡るために血管が伸びるのか。血管と血液の、不思議な関係。

血管は筒でもホースでもない。

血管は「手」のように。

全身の「すべて」を、「手探り」で探り当て、血液

〈酸素・養分・老廃物・水分・免疫体〉を運ぶ。

誰の「手」のようにか。


すべての生きものに「血管」があるわけではない。が、「血管もどき」はすべての生きものにある。生体に「網」を張るものがいる。


植物の血管もどき。植物にも「栄養補給網」「ウイルス対策網」があり。

昆虫などの節足動物、軟体動物には毛細血管がなく、血液は直接に細胞を通して流れ、全身に行き渡り〈開放血管系〉。

哺乳類には血管が〈閉鎖血管系〉。

〈**開放血管系**〉
昆虫をつぶしても赤い血は流れない。透明な液、緑の液。あらゆる細胞の「網」に染みこむように「ゆっくり流れる」液状臓器。

〈**閉鎖血管系**〉
哺乳類。「管」なる高速運搬網を張り巡らせ、血液を「高速」で流す。血液は、主に専用の血管内を走り。動脈、静脈、毛細血管。動脈から出る血液は、毛細血管をめぐり静脈へ戻り。

《**異聞**》

粘菌には、血管がない。粘菌の移動。川が支流に分かれるように流れ。まるで血管が伸びるように。

血管の「先」「みさき」。「外敵」を感知する。血管から血液が出て、すばやく「外敵」に対峙する。なにが血管の網を防人にしているのか。

血管が伸びる。血管が手のように、ではなく、手が血管のように。

血管は「手」。「千手体」。

「外敵」に触れ、食らいつき、分解し、川のようにうねり。

血液について

わたしは不思議に思う。

生体を「殻」の「硬さ」で守らないで、生体中を動き回る「柔らかい」血液で守ることについて。

血液が、「血小板」「白血球」「赤血球」の細胞成分と、「血しょう」の液状成分に分けられることについて。

「血小板」「白血球」が、「外敵」「内敵」に向かう防人でありつつ、狩人であることについて。

それらの「血液」が、骨髄の幹細胞から作られ、あらゆるかたちの血液に分化、変身してゆくことについて。


〈血小板〉

生体の傷口を塞ぐ細胞。ふだんは小さな碁石のようなかたちで核がない。だが傷口に触れると、樹状のような長い触手を伸ばし、傷口の周囲に絡みつき、裂け目を塞ぎ。碁石からアメーバ状への変身。


〈白血球〉

外敵と戦うもっとも戦闘的な防人細胞群。たくさんな顆粒《かりゅう》と突起（千手）を持っている。寿命は一～二週間。おもに「好中球」（六五％）と「リンパ球」（三〇％）。「好中球」は外敵に食らいつき、分解酵素で分解する。「リンパ球（B細胞・T細胞・ナチュラルキラー細胞）」、外敵から生体を守る免疫機構のもっとも重要な担い手。


〈赤血球〉

酸素を運ぶ運搬車のように説明されていた昔。赤くへこんだアンパンのような写真で見せられてきた赤血球。実際には無数の「糖鎖」がヤブのように密集し突き出ている（まるで「千手」のアンパンであること）ことについて。

この赤い「千手のアンパン」が、骨髄から出るときに、「核」を捨て、自由に「変形」できる姿になることについて。

赤血球が、外界の脅威に対して、「鎌」のように、

「ウニ」のように、「ヒトデ」のように、「涙」のように、「ドーナツ」のように、変形することについて。

（正常赤血球。菲薄《ひはく》赤血球。標的赤血球、口唇《こうしん》状赤血球、球状赤血球、楕円赤血球、鎌状《かまじょう》赤血球、ウニ状赤血球、有棘赤血球、破砕赤血球、涙滴《るいてき》赤血球、ドーナツ形赤血球……。）

生体の怒りや恐怖、寝不足や体調不良、暴飲暴食や栄養不足などで、棘のように、ウニのように、赤血球のかたちが著しく変化することについて。

《異聞》

生体内部で、もっとも動き回るものを「血液」としか呼べないのは、何かとても申し訳ない気がする。

かつては「ち（血・霊・千）」と呼ぶ人たちがいて、
現代では、「血液」としか呼べない人たちがいて。

「ち」と呼べば、まだそこに「防人」と「小さな千手体」が見えてくるところがあるのにと。

「ち」は、生体の縮図。攻撃に対する防御の縮図。

「ち」のかたちを見れば、その人の置かれている心身の状況が分かるところがあり。

免疫について

わたしは不思議に思う。

全身に張り巡らされた「目」があることについて。

監視の目、防御の目があることについて。

守りの網の目。


生体が外敵と戦うシステムをもつことの不思議さ。

外界が外敵でもあることについて。

生体の誕生そのものが、外界との戦いであったことについて。

生体の「存在」すること自体が、すでに「防御」であり「免疫」の仕組みであったことについて。


〈自然免疫〉

異物に触れ、警戒物質インターフェロンの発動と放出。

マクロファージ（大食細胞・白血球の一種）が樹状細胞（千手体）として、血管を出、「感染」現場に向かい、異物に食らいつき、丸のみにし。

好中球《こうちゅうきゅう》（食細胞・白血球の一種）。おおむね球状なのに、偽足（千手）を出しさかんにアメーバ様運動をし、異物を食い。

ナチュラルキラー細胞（大型のリンパ球の一種・NK細胞）。ウイルスやがん細胞を攻撃し。

〈**獲得免疫**〉

マクロファージから「敵情報（サイトカイン）」の放出。ナイーブT細胞（リンパ球の一種）への伝達。ナイーブT細胞からキラーT細胞への変身。「敵」に毒物質を注入。

好中球（食細胞）も自爆するかのように、自らの体内のDNA、ねばり網を異物に吐き出し把捉し。

B細胞。無数の抗体を作り出し。

（『NHKスペシャル 人体vsウイルス ～驚異の免疫ネットワーク～』2020・7・4放映から）

《**異聞**》

生体の「免疫」と呼ばれる防人《さきもり》の多くの「細胞」たち。基本的に「千手体」の姿をしていることに。神経につながるわけではなく、独自の仕組みで、生体の隅々ににらみをきかせ、「異物襲来」に、瞬時に駆けつける。その独自の仕組み！

生体全体の基本が「千手体」であること。それが、免疫細胞たちの「千手体」と「相同」であること。免疫細胞たち。生体のミニ生体、分身。孫悟空の髪の毛を使った「分身術」から生まれるミニ悟空のような。

免疫の仕組みが「自己が非自己を攻撃するシステム」などと「説明」されてきた時代。

「生きる」ことは、外界を取りこみ、外敵を取りこみ、「自己」の中に「非自己」を取りこむ活動であったのに、「免疫とは自己が非自己を攻撃するシステム」などと「説明」されてきたことについて。

「免疫」の「説明」の仕方で、存在そのもののもつ力を見失うことの危険性について。

マクロファージ（免疫細胞）

――『NHKスペシャル　人体vsウイルス～驚異の免疫ネットワーク～』

わたしは不思議に思う。

免疫細胞がウイルスを食べるNHKの映像化について。

新型コロナウイルスの体内への侵入。警報物質インターフェロン（サイトカインなるたんぱく質）の大量放出。体を守る防衛隊・免疫細胞に伝わる。血液の中を転がる「食細胞（樹状細胞）」。白くやわらかいウニのような、イガグリのような、映像。免疫細胞。「指令」を受け取ると、血管から外に出、ウイルスの感染現場へ。と「説明」され、ウイルスに食らいつき丸のみにする映像化。白いスライム状の「生きもの」。ぷにょぷにょと漂いながら、ウイルスめがけて突進する。体内の防人。

しかし、免疫細胞はそれだけではない。食細胞はさらに「敵」の情報を「ナイーブT細胞」に伝え、その細胞が「キラーT細胞」に伝え。民間の警備員（ナイーブT細胞）が、兵士（キラーT細胞）に変身する。兵士は警備員と戦う武器が違い、「敵」に取り付くと「毒物質」を注入し「殺す」。

さらに、異物を食べる食細胞、自らを破裂させ、DNAなど自らの内容物を、異物に向けて「網」を掛けるように吐き出し、そのネバネバの網でつかまえる。捨て身の攻撃。ナマコが、内臓を吐き出すみたいに。

目も口も内臓も脳もない免疫細胞が、なぜ、サイトカインの「指令」を受けると、感染部位をめがけて、長い血管を下り、血管の壁を潜り抜け、「防人」として、防衛の任に着くことができるのか。そもそも、単体の細胞が、体内でどうしてそのような、広範囲に忠実な「任務」を果たすことができるのか。

「NHKスペシャル」では、それが「免疫」なのだという。なにか「説明」の「順番」が違うのではないか。「体内」に「防人」がいるということ、あるいは「体内」が「防人」そのものであることの説明が、どこかで。

ＣＧイメージとして映像化された「スライム状の生きもの」。生命糸をたどれば、原生アメーバや変形菌類の粘菌アメーバにとてもよく似ている。目も口も内臓も神経も脳もないアメーバが、「仮足」で「餌」を求め、「仮足」でとりつき、「仮足」で丸のみに食べてしまう。樹状の身のあらゆる部分が「仮手」「仮足」で。その「仮手」「仮足」それ自体がからだで。そのからだは「仮手」「仮足」で考え、「餌」を求めて移動していることが。

原生アメーバ類。真核生物以前の原核生物。「食べる相手」を「見つける」ように生きて。目も口も内臓も脳もない「スライム状の姿」を「舟」にして、「餌」と向き合って。時には自分が「餌」となる危険もふまえながら。

「免疫機構」が21世紀になってようやくわかってきたこと。それは、初源の生きものの姿がようやくわかってきたということではなかったのか。そういう生命の仕組みそのものが、「ＮＨＫスペシャル」で、ただ体内の「病気への対抗機構」として説明されている。それは「説明」の「順番」が違うのではないか。

《異聞》

そもそも生命の一番最初が「樹状・網状・仮足体」つまり「千手体」として形成されたこと。それが「免疫」と呼び変えられてきただけではないか。「ＮＨＫスペシャル」が映像化しているさまざまな「免疫細胞」なるものたち。からだの中にあるものというよりか、からだが根本において「手」として、「千手体」として防衛することの姿だったのではないか。

免疫。それは、すでに生きものであることの根源の姿のこと。まさに「千手体」の「手先」として、「千手体（身）」そのものを守っているものの姿だったのではないか。

そもそもの生命体は、惑星の「荒ぶる龍」を原動力に立ち上がってきたもので、それ自身も「竜」になることで、「荒ぶる龍」と向き合ってきた。この「荒ぶる龍」との向き合いが、あるときは「食」として、あるときは「性」として、あるときには「病」として、あるときには「病」と戦う「免疫」として見えてきたのではないか。この生命の根源の活動から、「免疫機構」だけを切り離して、その機構の優れた面を語るのは、なにかしら「順番」が違った「説明」になっているのではないか。

ウイルス

わたしは不思議に思う。

生きものの定義が、細胞、代謝、自己複製、の三つであるとされ。「先まわり」などは一べつもされないことについて。

ウイルスは、「先まわり」する。なのに「生きもの」には分類されないことについて。ウイルスは、単独では増えることができず、宿主に入り込んで子孫を残す、というのなら「精子」に似ている、ということについて。

ウイルスの「殻」には、トゲみたいな、針みたいな、突起みたいな、毛みたいな、王冠みたいな、着陸船の足みたいな、受容器みたいな……といわれるものが、ウイルスの「仮手」であり「仮足」である、というふうには「説明」されないことについて。

とにかくウイルスを、生きものらしく「説明」しない、ことについて。

いかに「仮手」や「仮足」で、宿主の「粘膜」にとりつき、遺伝子を挿入し、自己増殖を図ろうとし、それが「生きもの」の自然な姿であっても。

もしもウイルスが、「精子」のように、宿主に挿入されるのだとしたら、宿主の遺伝子とウイルスの遺伝子は「混じる」のではないか、ということについて。

あらゆる生きものがウイルスの宿主になる中、鳥、コウモリなど、「空を飛ぶもの」が宿主になれば、ウイルスはより遠くへ運ばれる。ウイルスは「風」

に乗ることを、タンポポのように「考えていた」のではないか。それを「先まわり」と考えない理由は何なのか。

《異聞》
ウイルスと呼ばれる「小舟」。空を飛ぶ「天の鳥舟」。くしゃみの飛沫《ひまつ》に乗り。「小舟」の舟着き場は「粘膜」。粘膜を求めて、空中をただよう「鳥舟」。

色素、色素胞、色素細胞

わたしは不思議に思う。

生きものに「色」があることについて。

まず世界は、「葉」の「緑」の「色素」で覆われ。光と組み合った奇跡の色。その緑の色素から、草木や花々のもつ美しい色が。なぜこんな極彩色が。

海底にも、カラフルな体色を見せる生きものたち。「色素」ではない「色素胞」の活躍。皮膚の表面で、「仮足」のような樹状突起（千手体）が伸び縮みする。黒、赤、黄、白の「色素胞」。混ざり、色を変える。不定型なアメーバのように動く「色素胞」。なぜ「体色」を変化させる生きものが。

昆虫の保護色、警戒色、擬態色の発現の不思議さ。

鳥や哺乳類の「色素細胞」。カラフルな羽の色。求愛、繁殖、仲間の識別色。

黒、赤、黄、白、虹の五種の色素だけなのか。

植物の草花の多彩な色を作る色素と、動物の皮膚のもつ色素細胞の違い。

体色の変化とプリズムの色の違いを、混同してきた歴史。

《異聞》
ニュートンとゲーテの「色」の対立。二人は「色」の見え方をめぐって応酬したのか。本当は、「細胞の色」と「プリズムの色」のちがいの対立だったのではないか。ゲーテも、色を作り出す生きものの細胞までは、わからなかった。

「色」とは何か。なぜ生きものは、「色」に誘われてきたのか。

精子

わたしは不思議に思う。

精子が一本の尾で泳ぐことについて。

一匹と数えられることについて。精虫とか、鞭毛虫類とか。

精子は一匹ずつの生きものなのか？

一日に、一億匹もつくられるのに。

目があるのか。口があるのか。呼吸をしているのか。

何かを食べるのか。何かを栄養にしているのか。

そして自律しているのか。

頭部と頸部と中部と尾部と。

頭部は球形、円錐形、楕円形、らせん形、鉤形。

頭部に核（DNA）。頭部に中心小体。中部にミトコンドリア、活動する動力源。尾部は鞭毛。運動の担い手。手、なのだ。

鞭毛に軸糸、九本の微小管と二本の微小管の構造。

それを九本の周辺束繊維が取り巻く。

七十日で成熟、一回で一億匹の放出。数えたのか？

植物の精子。遊走子、楽しそうな名。

コケ、シダ、ジャクモたち。ラセン状に細長く。

イチョウの精子の発見者、平瀬作五郎《ひらせさくごろう》の世界的な偉業。

卵の出す匂い。羅針盤になっているのか。

精子に、意志あり、意図あり、目的あり、短命の使命を生きる。

不可思議なことがいっぱいの小舟。

一本の櫂で、決められた「あや」を全うする。
精子は、どこからきたのか。何が原型なのか。
体の一部をちぎって、放出する。血液細胞や免疫細胞に似ているのか。
アメーバも体の一部をちぎっても平気。集合体だから。では、精子も集合体なのか。

体内で自律して動く生きものの不思議。

メタセコイア

夏の朝、四時四十五分。東の空が淡いピンクに。
私は自転車に乗る。
南稲八妻《みなみいなやづま》から北稲八間《きたいなやづま》へ、そして京阪奈《けいはんな》の丘陵へ。
精華《せいか》町、精華大通りの長い坂道。メタセコイアの並木道。
一本の木が、一枚の葉のシルエットのように、どこまでも並んでいる。
なんと美しい紡錘形。
幹は真っ直ぐ空に。
まさに「真っ直ぐ」に。文字通りの「真っ直ぐ」に。
ダ・ヴィンチ『洗礼者ヨハネ』の人差し指のように。
この異様に「真っ直ぐ」に立ち上がる幹への、深い畏敬。

なぜこの木は、こんなにも「真っ直ぐ」なのかと。

６５００万年前の地層から発見された生きた化石。
それが、いま、ここに、生きている。
高さ１００メートル。直系8メートルにもなるかつての巨樹。
重力をはねのけて。
なぜそんなにも太く高く「真っ直ぐ」に。

葉は細く、短く、鳥の羽のよう。
羽のかたち?!
古植物メタセコイアの生き延びてきた秘密。

裸子の実。つくしの頭ほどの、小さな松ぼっくり状の球果。

二十数個の果片。それぞれに小さくも広い翼がついている。

そして、高い梢の中で、強い風を待っている。


メタセコイアの高さ。

古代の海から陸へ。水のない大地から樹を守るために。

樹皮を厚く、樹木を高く。

その高さから花粉を飛ばす。

古植物の雌花は裸子。裸子の先に受粉液の水玉を出し、飛んでくる花粉を待つ。

風だけが頼みの時代。


イチョウ、ソテツ、メタセコイア……古代からの生きものの太さと高さの不思議。

嵐に耐える樹皮。風と共にある花粉と種の交接の仕掛け。

風を生かす姿の創造。全気候に耐える樹の魂の幾何学。


メタセコイア。

それは6500万年前の地球に吹いていた風の強さ、風の力を想像する、ことなのか。

彼らの巨樹群が、地球を被わなければ、その後の生きものもない。

その真っ直ぐさ。幾何学の積み重ね。繊維の束ね、それを結ぶ知恵。そしてあの垂直への意志。

それらがなければ、今に生き残る生きものすべての世界もありえない。

メタセコイアたちの驚異の建築術。強靭な生命糸の戦慄すべき手。結びの妙。

メタセコイアの深淵。

「種《しゅ》」とは何か

わたしは不思議に思う。

「種」があることについて。「種」が、「個体」より

「先まわり」し、「個」を維持する「大きな包み」になっていることについて。

「個」の「まえ」に、「個が個を生む」ことを「先まわり」し、計画しているものがあることに。「個」が「個」を超えて存続するように設計され、ようやく「個」が「個」としてそこにあることができること。その「個」に先だち、「先まわり」する「大きな包み」があることについて。

《異聞》
「認識」の苦悩。近代になって「主観性」に立脚する「哲学」が発明されたこと。「主観性」を継ぎ足すことで「世界」が見えてくるという世界観の発明。
「主観性」というものに中に、すでに「先まわり」され、無数の生きものの世界観が「あやとり」されているものがあるのに。「先験性」などと軽んじられ。
その「先まわり」されているものを見る目を、「主観性」の哲学群が失わせてきたことについて。

刺胞《しほう》動物1　クラゲ

わたしは不思議に思う。

透明な海のきのこのような。水の玉をつかむ「て」のような。

「て」の半球に無数の「繊毛」。「て」の下に長い「触手」。

全身がかたちを変えた「て」のような生きものについて。

「て」のなかの「くち」。「て」が「くち」で、「くち」が「て」であるようなクラゲについて。

「て」から「ゆれる触手」へ。触手の刺胞から糸のついた毒針の発射。捕鯨船のモリのような。

「繊毛」「触手」「糸のついた毒針」、全身を巧妙な「千手」に。脳もなく、どうして「千手」を造り、動かしているのか。

「て」の収縮があらゆる器官になる。お椀の「て」は、心臓に、脳に、胃に、神経に、血管のような水管に。

クラゲの五つのサイクル。

①受精卵からプラヌラへ。ゾウリムシのように全身の毛を波打たせて泳ぎ。

②プラヌラからポリプへ。イソギンチャクのように海底に固着。

③ポリプからストロビラ（グローブを串団子にしたような姿）に。無性生殖。

④ストロビラ（串団子体）からエフィラ（ストロビラのグローブひとつひとつが離れ大海を泳ぐ姿）へ。

⑤エフィラが幼クラゲに。幼クラゲから成体クラゲに。有性生殖。

無性で分裂する時期と、有性で生殖する時期。巧妙に子孫を残すサイクルを分ける。海底に固着《こちゃく》する時期と、海中を浮遊《ふゆう》する時期と。

固着と浮遊。

天と地の両方を行き来する生き方を生み出した偉大な生きもの。

《異聞》

クラゲの展示コーナー。水族館での癒やし系。見ていて何が癒やされるのか。

浮遊と遊泳の優雅なすがた。優しい心臓の動きを見ているからか。

古事記のクラゲの描写からのはじまり。この生きものが天地をゆききしていたからか。

ポニョ。クラゲを被り海面に。刺胞のない、ただの「傘」のようなクラゲ。それでも、海底と海面の優しい橋渡し。最後のグランマンマーレの竜宮のような住み家。巨大なクラゲの傘に包まれて。

刺胞動物2　イソギンチャク

わたしは不思議に思う。

海底に固着。「口」のまわりの無数の「手」。「手」と「口」だけで生きているかのようなイソギンチャク。

昔話の山姥《やまんば》のように。頭上に「口」があり。

縄文の火焔《かえん》土器のように。土器の縁の炎（触手）をなびかせ、食物を取りこんで。

触手に触れる小魚、刺胞からいっせいに毒針が発射され。糸のついた毒針は、たぐり寄せられ、獲物は頭上の口に取り込まれ。

《異聞》
「口」のまわりに生える「手」。いかにも「人の口」のまわりに生える「髭」のような。あるいは、「人の口」のまわりに集中する神経のような。「ことば」のかたちを生み、ことばで「獲物」を引き寄せ、取りこむような。その起源にイソギンチャクがいたのかもしれないような。

貝と貝殻について

わたしは不思議に思う。

軟体動物。貝、ウミウシ、イカ、タコ、ミミズ、などの驚異的生き方について。

なぜダーウィンは亡くなる前年に「ミミズ」の研究を残し、ヴァレリーはなぜ晩年に「人と貝殻」を書いたのかについて。


美しいタカラガイ。海の中の映像をはじめて見たときの驚き。あの宝石のような模様と光沢の貝が、ゆっくりと「外套膜《がいとうまく》」に包まれ、でこぼこした汚い岩肌のようになってゆく。すでに美しくも固い殻で身を包んでいながら、なぜその殻全体を汚く見せる「膜」でおおわなくてはならないのかと。

そして軟体動物の秘密が、この「外套膜」にあったということについて。

貝の内臓を包む「外套膜」。まるで「外套」のように、自らを被い包むバリアーになり、「外界」を知るセンサーになり。

イタヤガイの外套膜のフチ。光を感じる「目」が点々と付き。

シャコ貝の外套膜。藻類《そうるい》を住まわせ、光合成による酸素や栄養分を得る。

なによりもこの外套膜。粘液を出し、カルシウムを溶かし、貝殻を作る。

ヴァレリーが最も関心をもった貝殻製作の工程。「いったい、だれがこれをつくったのか」と。「外套膜が」と答えたら、ヴァレリーに叱られるだろう。泥縄で土器の縁をつくるように、外套膜は小さな殻の縁に、カルシウムを付着させ、殻を大きくする。外套膜が防御し、棘のような腕を出せば、そこにカルシウムが付着し、ホネガイ（西洋ではヴィーナスの櫛《くし》と呼ばれる）の、美しくも奇怪な貝殻ができる。外套膜が「千手」として「あや」を変える不思議さ。

二枚貝、巻き貝、絶妙な貝殻のかたち。製作の化学的過程が解明されれば、味気ない話。だからといってヴァレリーの驚嘆した「いったい、だれが！」に、答えられているわけではない。

ウミウシ

わたしは不思議に思う。

貝殻を捨てたウミウシ。外套膜をくねらせ泳ぐ。超ド派手な海の宝石。なぜ殻を捨てる生き方を選んだのか。

イソギンチャクの毒入り刺胞。食べながら消化せず、自分の武器のように外套膜に取りこんでいる。そんなことが、どうして可能なのか。

外套膜を厚くし、「毒胞」を取り込めることがわかり、殻を捨てたのか。殻をすてて、身を守るすべを失ったので、「毒胞」を取り込むことをしはじめたのか。餌から毒性の化学物質を作る技を身につけたことの不思議さ。

今では、「毒」をアピールする極彩の警戒色で身を包み、悠然と、ゆらゆらと、海中をただよう海の宝石。

「藻類《そうるい》」を生かしたままで取り込み、光合成による酸素や糖分や色素体を得るこの共生の能力。殻をもつ貝の時には、なし得ないことだった。

花と虫

わたしは不思議に思う。

花に蜜があることについて。「蜜」を虫に吸わせ、その時、虫のからだに花粉をつけて運ばせるため、と教科書に書いてあることについて。

草花が虫の習性をよく「わかっている」ことについて。

虫に先まわりして。

蜜の位置と花粉の位置。蜜を吸うとき、虫のからだのどこに花粉がつくのか、虫たちの手足の寸法と蜜と花粉の位置をあらかじめ測っていることについて。

奥深く内蔵される蜜。

蜜だけ吸われ、花粉を運ばない虫を避けるために。

チョウの長い管になった口。

虫が花の蜜を吸いに来るのではなく、花が蜜で虫をおびき寄せていることについて。

あらゆる草花は、すでに虫の生態がわかっていることについて。

「植物」は、すでに「動物」であることについて。


わたしは不思議に思う。

花に、虫を捕らえる仮手《かしゅ》・仮足《かそく》があること。

花に、「目」があり。虫の生涯・生態を測っていること。

花がすでに虫の何周もの先を、「先まわり」し、知っていることについて。

草花に、捕食者への構えあり、自らが捕食者になる構えあり。草花がすでに虫のように動いていることについて。

ランと虫

わたしは不思議に思う。

オフリス・ボンビリフローラ。オフリス・ルテア。花にハチが止まっているように見える。間違えて交尾に来る雄バチ。花がハチを真似ているのか。目もないのに、ハチのかたちと色が見えていないのに。

パフィオペディルム属の花々。袋状の花弁を持ち、まるで食虫植物のウツボカズラのように。二枚の花びらは蝶の翅のように。五枚の花弁は、それぞれの意志を持って、姿かたちを造っているかのような。まるで、昆虫が、頭、胴（羽）、尾に分かれているように。

虫の容姿と花の容姿。これほど相似になっていいものかと思うような。

食虫植物

わたしは不思議に思う。

食虫植物に「胃袋」があることについて。


ウツボカズラの葉の「みさき」。「壺」のような「袋」。落ちた虫を消化液でとかし、吸収し。

ハエトリグサ。長いトゲをもつ「捕虫葉《ほちゅうよう》」。チョウのように開き、虫が触れれば、瞬時に閉じ。

モウセンゴケ。葉の「みさき」に飴の玉。触れた虫を粘液で絡め取り。

タヌキモ。水中の捕虫草。捕虫嚢《ほちゅうのう》に水圧でプランクトンを吸い込む。

なぜ葉の「みさき」で、そのようなことができるのか。


ダーウィンは、ライエルに打ち明ける。

「世界中のあらゆる種の起源よりもモウセンゴケのことが気にかかるのです」（ミア・アレン『ダーウィンの花園』羽田節子、鵜浦裕訳）

とてもよくわかります。ダーウィン、あなたがなぜ「種の起源」より「食虫植物」が気になったのか。今では、いろんなことがわかってきています。「葉」にはウイルス感染対策の消化酵素が作られること。

その延長に、葉を袋状にして「消化液」を溜めることになったこと……理解しやすく、長年の不思議も吹き飛ぶような説明。

しかし、そうだとしたら、「外敵」を「溶かす酵素」を作り、溶けた敵の養分を吸収するという体制は、とても「動物的な」仕組みではなかったかと。葉が閉じて「虫を捕食」というのも、動物的で。

ダーウィンは、「進化」が「植物から動物へ」と考えていたなら、この食虫植物の「動物的な」行動は、進化の「順番」をきっと改めて考え直す事例になっていたのではないかと。

擬態（素朴な疑問）

わたしは不思議に思う。

「擬態」と呼ばれるものが、なにかの「真似」だといわれることについて。

「擬態」の驚異の写真集。木の葉に、木の幹に、花に、枯葉に、石に、岩に、砂に……。

偽装、カムフラージュ、変装、隠蔽《いんぺい》、保護色、警告色、威嚇《いかく》模様、仮面、形態模倣……。

水中擬態。陸上擬態、森林擬態。

カニ、エビ、貝、エイ、カサゴ、タコ、イカ、魚……。

チョウ、バッタ、ナナフシ、ハチ、アブ、アリ、カマキリ、カエル……。

カメレオン……。

ライオン、ヒョウ、シマウマ、鳥、ウサギ、ヘビ……。

身を隠しつつ、身を見せつつ、待ち伏せながら、警戒させながら。

しかし、でも生きものは「見られていること」をそんなにも「意識」しているのか。

もし生きものが、他の生きものから身を守るため、海底や森林に擬態しているのだとしたら、生きものは、「捕食者の目」「環界を見る目」「自分を見る目」などなど、「たくさんの目」を意識していなくてはならない。

「見られる意識」だけでなく、擬態するものとそっくりの「超絶技巧の技」をもっていなくてはならない。

「擬態」を、真似する認知や、超絶な模倣技巧の理屈で「説明」できるだろうか。そういう「まね」の発想で「説明」してはいけないものがあるのではないか。

擬態（根本の疑問）

わたしは不思議に思う。

擬態。生きものが、環界や別の生きものに「似ている」とか「同じにみえる」という時、なにをどう考えればいいのだろうかと。

別々に生きているものが、別々でありながら、本性を隠し、何か見かけの姿だけを整形する「技」を使っていると考えるべきか。

それとも、別々に生きているものが、別々に生きているように見えて、実はもともと別々に生きているものの中に、すでに別々に生きているものが含まれていて、何かの拍子に、不意に、あるいは意図的に、あるいは部分的に現れてきた、と考えるべきなのか。

草木は草木で、虫は虫で、という前提で「擬態」を考えるべきなのか。

もともと、草木の中に虫が、虫の中に草木が、ある、という「前提」を考えなくてもいいのか。

もしそうだとしたら、「似ている」とか「同じにみえる」ことが現れるときは、「似ている」のではなく、「同じにみえる」のではなく、むしろ、別々でありながら、どこかで「同じ」部分を出現させたのでは、と考えなくてもいいのか。

もし、草木であるものが虫にもあり、虫であるものが草木にもあるとしたら、草木が虫のように、虫が草木のように現れることはありえるのではないか。

もし進化が、あらゆるものを含みつつ、限定された姿形を生きているのだとしたら、草木の中に虫が、虫の中に草木が、現れることがあっても不思議ではないのではないか。

そういう「進化」のイメージを大事しないと、生命の起源を解くことはできなくなるのではないか。生命の中に物質が、物質の中に生命が、ある、ということが、考えられなくなるのではないか。

生命糸《せいめいし》という「あやとり」。「あや──とり」の仕方で、発芽させる「あや」。生きもの同士の間で、入れ変えられ、組み換えられ、取りこまれ、似させられ……。

《異聞1》

憑きもの、憑依、狐憑き、などと呼ばれてきたものは「擬態」なのか。ある期間に「狐のあや」が「発芽」することなのか。

するともうわたしは白い狐の仔になっていて……両の掌を胸の前に丸くこごめて「こん」と啼《な》いてみて、道の真ん中に飛んで出る。

(石牟礼道子著『椿の海の記』)

わたしたちはいつもたくさんの「あや」の束を生きていて、でも、どの「あや」を発現させるかは、それぞれの生きる境遇によって違っていて。

生きものなら「擬態」と呼ばれ。

人なら「憑依」「多重人格」「解離」と呼ばれ。

「あや」の「束ね」が緩み始めると「物忘れ」「健忘」と呼ばれ、「認知症」と呼ばれ。

擬態、憑依、多重人格、解離、認知症、はどこか「似て」いて。

《異聞2》

男が女のように、女が男のように、生きることがあるとして、それは男が女の、女が男の「真似」をしているのか、「擬態」している、のか。

もし生きもののオスとメスが、もともと別々なもの

ではなく、あるとき、オスとメスに、便宜上分けて
生きるほうが有利な時代があって、そのほうが、生
存上有利なことがたくさんあって。
でも、別の時代が来て、オスたちはメスに、メスた
ちはオスに、なることが有利になる時代が来て。
でもそれは「真似」ではなくて、もともとオスでも
メスでもあったときへの「立ち返り」であり「再出
発」であり、危機に立ち向かう姿であり。

「擬態」の謎を解くには、生命の根源の営みの理解
が求められ。
そもそも生きものであることの根本の考え方が求め
られ。
そのうえで、目を疑う巧妙な「擬態」が説明される
べきで。

巧妙な「擬態」の謎を解くカギは、「あやの種《たね》」の
深い考察にあり。
生きものの複雑な形は、多くの生きものの複合の形
であり、それぞれの複合体には、それを発現する

「あやの種」があり。花びらの形、羽の形、目の形、
耳の形、血液の形……には、それを発現するための
「あやの種」があり。
進化の中で「種」のまま眠っている「あや」もあり。
別の形態の中に、突如差し込まれる「あやの種」も
あり。

背中に耳の生えたネズミ。「ｉｐｓ細胞」をつかっ
た人工生きもの。体のどの部分にも、「耳の形（あ
や）を生む種」を移植すれば、そこから「耳」が発
現する。
キメラマウス。このネズミを、「耳」の「擬態」を
もつネズミ、とはいえず。
ミッキーマウスも、人に擬態したネズミとも、ネズ
ミに擬態した人ともいえず。子どもたちにとっては
実在のキメラマウスであり。

「耳」の「種《たね》」。
「ネズミ」の「種《たね》」。
その「種《たね》」の移行、移動、移植の技術があり。

寺田寅彦はそれを「柿の種」と呼び。わたしは「種《たね》」を「あや」とよび。「あや」の発現を「あやとり」と呼び。

「擬態」の問題も、この「あやとり」の深い理解からはじまり。

粟《あわ》一粒秋三界を蔵《おさめ》しけり　　寺田寅彦

昆虫擬態1　ハナカマキリ

わたしは不思議に思う。

ハナカマキリ。頭、胸、腹、足、体色、ランの花にそっくりに。

「真似」をしている、というには、あまりにも巧妙で、どこをどうしたら、こんな生態模写ができるのかと。

ハナカマキリがランの花の「真似」をしている、というのではない。そんなことのできるわけがないと。


草花が虫の生態をとらえ、虫が草花の生態をとらえていること。

草花が、虫の頭、胸、腹、足を「意識」していること。

虫の体の分節にあわせて、花びらの分節を工夫していること。

ハナカマキリの「擬態」には、ランの花とカマキリの、互いの姿形の「あやの種」の移乗《いじょう》が実行されている。

《異聞》

ランの、花びらの「あや」をつくる設計図が、ハナカマキリの三つの体節をつくる「あや」に利用されている、のではと。

ランの花びらを分ける「あや」が、カマキリの体の分節に「移植」されたのか……。

どうやって？　どうやって「移植」が？

ランに感染するウイルスが、ランの「あや」を、カマキリの卵に感染させたのか。でも、一度きりの偶然の感染では、「遺伝」されることはない。

ランの花を全方位で感じるカマキリが、花の「あや」に集中し、「記憶の種」にし。その「記憶の種」を、自分の体つくりの過程に自ら移植させたのか。いや、ランの花の「あや」と、カマキリの体節の「あや」が、深く混交（あやとり）される次元があるのか……。

昆虫擬態2　コノハチョウ　ムラサキシャチホコ

わたしは不思議に思う。


〈コノハチョウ〉

美しい花ではなく、葉脈のある枯葉そっくりに見せるコノハチョウ。

翅《はね》の裏と表の使い分け。翅を閉じると枯葉、開くとあざやかな紋様《もんよう》。裏表とも枯葉紋様でよかったのに。

「最も興味深いのはウォレス氏が記述した、インドとスマトラにふつうに見られるコノハチョウであろう。それは、とまるときに、閉じた翅の間に頭と触角を隠してしまい、翅は、形も色も脈の走り方も、葉柄のついた枯れた葉にそっくりなので、とまったとたんに視界から消えてしまうのだ」


（ダーウィン『人間の進化と性淘汰Ⅱ』長谷川眞理子訳　文一総合出版）


「枯葉」。用なしになった落ち葉。人にとっては、シャンソンの「枯葉♪」。「別れ」「散りゆくもの」「老い」と重ねられる「落葉」。

そんな「枯葉」に「似る」ことのメリット。捕食者の注意を引かない、からと。

しかし、コノハチョウ。「枯葉」の葉脈や虫食いの痕まで「真似る」なんて、どうかしている。その超絶技巧は、細密画《さいみつが》の絵描きも真似ができない。どうしてそんなことが可能なのか。

「枯葉」への集中と記憶。それが「あや」として、「種」として保存。翅の発生過程で「種」として選ばれ、翅の裏の「あや」として発現される……からか。
翅の表のあざやかな色は、異性の気を引き付けるため。コノハチョウは、翅を閉じたときの枯葉色と、開いたときのあざやかな色を使い分けている……。なぜそんな器用なことが。

〈ムラサキシャチホコ〉
ムラサキシャチホコ。「カールする枯葉」そっくりの翅。翅をカールさせるのではなく、「カールした枯葉の絵」をだまし絵のように翅にプリントして。いくら超絶技法といっても、「カールした枯葉」を真似るなんて。
枯葉であることに得がある、としても、「カールした立体感」まで真似る「美意識」はどこから生じてくるのか。

北斎の「波間に描かれる富士」。カールした大波のド迫力。
ダ・ヴィンチの描く女性たちのカールした髪の毛。

「カールした曲線」は、「死んだ枯葉」ではなく「実在の動き」を感じさせるのか。
「カールした枯葉」の実在が、樹液を吸うムラサキシャチホコの記憶の「種」に移植され、翅の背中の形成時に呼び起こされ「発現」される……のか。

「一滴の唾液《だえき》のDNAがあれば、人の顔を復元できる」(『NHKスペシャル人体遺伝子』講談社)という研究で、著名な俳優の顔が復元された。「一滴の唾液」から、リアルな個人的な顔の凹凸が復元できるのなら、ムラサキシャチホコの吸う「一滴の樹液」から「リアルな枯葉」「カールした枯葉」の復元が得られることも不思議ではなくなり。

タコ
わたしは不思議に思う。
全身が「て」のように生きる生きもの。全身が「て」であることで得られる驚くべき知性の数々。

海底の砂、岩肌、海草などへ瞬時の擬態。ミノカサゴ、ウミヘビなど生きものへのカモフラージュ、形態模倣。

道具を使い、迷路を抜け出し、壺の蓋を回し、中の餌を取り出し、人の顔を覚える、高い知性。大きな脳。

見開いた目。視力はあるが色彩の知覚は悪い。なのに、どうして瞬時に外界に似させることができるのか。

タコの「て」の何億ものセンサー。触る外界の形状を瞬時に把捉。記憶させた環界の形状の「あやの種」にスイッチが入ると、一気に全身の体色と形状の変化が発現する。

巨大化した軟体動物。殻や鱗を持たない分、全身の全方位に気を遣い、身を守らなくてはならない。過剰な防衛意識と過剰な擬態術。

その変身に注ぐ細胞の過度なエネルギー消費。

そのためか、寿命は二年ほどと、驚くほど短い。殻をもつタコ（オウムガイ）の寿命は二十年以上なのだから、「殻がない」生き方は厳しい。「殻」をもたないと、いつも全身が目であり、手であり、ゆっくり「休む」時がない。そのことが「寿命」を短くしている……。

岩棚に産み付けられた美しい藤の花のような卵。産み終えたメスは、餌も取らず卵を守り、孵化する頃に死んでゆく。

タコ。軟体動物、頭足類、などと分類されても、「口」のまわりに「手足」があるクラゲやイソギンチャクに似ている……。タコをひっくり返せば、動く大きなイソギンチャク。

でも、クラゲやイソギンチャクの触手は、刺胞から毒針を打つことにしか使えない。

しかしタコの「手足」は、全体がセンサーであり、アンテナであり、脳であり、感覚であり、記憶であり。

わたしは不思議に思う。

タコ。体中が「手」である生きものがいることについて。

大きな脳をもつ巨大なアメーバといってはいけないのか。

本当は、万の手があるのに、八本にまとめている。

クモ

わたしは不思議に思う。

空中に張られたクモの「巣」が、実はクモの「て」であり、クモの「網」であり、体の「延長」であることについて。

クモ。羽のある昆虫（六本脚）ではなく、羽のないクモ形類（八本脚）であり、「生きた化石」と呼ばれ、四億年前からの「生きる知恵者」であった生きものについて。

口や手で獲物を取らず、自分から離れたところに張る「網」で獲物を捕る知恵。

ただの「網」ではなく、強い四本で縒《よ》られた縦糸（放射線状）と、ねばり液玉を付けた横糸（渦巻き状）とでできた幾何学的な美しい造形網。クモ自身は、粘り糸には触れず動き回る。

身を隠し、体の「延長」の「道具」で獲物を捕え、身の危険を避けながら獲物を捕る知恵。小さなクモでも巨大な脳を持っている。

木々や枝葉に張られる「網」。風でゆれる木々の中、ちぎれぬよう、何億年も鍛えられ改良された「糸」（別々の器官で作られた糸を縒りあわせて）。科学者も驚く鋼鉄の強さになって。

どうして腹部から「糸」を出し、そんな「網」で獲物を捕ることを考え出したのか。

「予期」であり、「待ち伏せ」であり、「先まわり」であり、「仕掛け」であり、「巣」であり、「家」であり、「餌の貯蔵庫」であり、「交接」の場であり……。

芥川龍之介『蜘蛛の糸』はなぜ心に残るのか。「一本の糸」にすがり、多くの罪人が登ってくるハラハラドキドキ感。釈迦は、昔一度だけ「蜘蛛」を助けた殺人者を、なぜ助けようとしたのか。「物語」と思われていた強靱《きょうじん》な「糸」。釈迦が見通していたかのような強さを実際にもっていた……。それにしても、自分の手を差し出さず、「糸」を使って助けようというのは、まるで「蜘蛛」のやり方を真似ているような……。

《異聞》

ギリシア神話にクモと人は同じ祖先で……と。糸を織る「織姫」が共通の始原に想定されて。

それでもクモの「糸」だけが秀美なのではなく。映画『スパイダーマン』の優秀さ。「て」からビルの壁に糸を投げつけ、ビルの谷間を渡るアイディア。「て」から「糸」。すでに、刺胞から「糸付きの毒針」を発射していたイソギンチャクやクラゲの生態。「毒グモ」の「毒」も、クラゲやイソギンチャクの「毒」の延長に。

クモは、地上に生きるイソギンチャクのような。

カイコ

わたしは不思議に思う。

カイコの口の下の左右二本の絹糸線《けんしせん》。そこからフィブロインなるタンパク質が二本のねばり糸として押し出され、糸を吐く吐糸口《としこう》で一本に縒《よ》られ「絹糸」にされる。その糸を繭《まゆ》のかたちに張り巡らせ。同じ太さの鉄よりも強くしなやかな糸に。一つの繭で、一五〇〇メートルも切れずに続き。

繭の外側は少し太く粗く隙間のあるカゴのように。内側は細くこまかく重なりあうようにくっつけられて。

こんな繭から、どうして、何がきっかけで、織物を織るすべを見つけられたのか。綿をつむぐ技術が、どうして蚕の繭の綿に気づかせたのか。

中国浙江省の遺跡で発見された三千年前の絹織物の断片。日本の縄文時代の中期。弥生時代前期の遺跡には絹製品が発見されている。

シルクロードの不思議。

蚕《かいこ》と桑と繭と織物の四点セットの伝来。「馬娘婚姻《ばろうこんいん》譚《たん》」へ。

《異聞》

絹と織姫の渡来。『魏志倭人伝』には「蚕桑《さんそう》・緝績《しゅうせき》し」とあり、すでに卑弥呼の時代に、桑を植え蚕を飼う技術を倭国は得ていた。

魚の鰓《えら》

わたしは不思議に思う。
魚の鰓の中のふさふさの鰓葉《さいよう》について。
口の中に大量の葉が。水中の酸素をすくい取る。
驚きは、昆虫の羽が魚のエラから変化した、ということ。
エラ。
羽に魚のエラの記憶が。
チョウの翅の鱗粉《りんぷん》に、魚の鱗の記憶が。

太古の生きもの、ウミユリ。シダのようなすがた。
羽のような腕を数十本なびかせている。
ウミヒドラ、ウミシダも、草木のように「葉」を広げ。
フジツボたちも、殻から「葉」のように「手」を出して。
太古の海。生きものの「触手」は、「葉」のようにはじまって。

その「葉」が魚のエラになり。
海中の「葉」が、地上の植物の「葉」になり、虫たちの「羽」になり。

エラが「鰓（魚に思う）」と書かれるなら、「魚に葉」「魚に手」と書かれてもよかった。
エラは「千手」。陸上に上がった魚の「舌」になり「手」になり、「知恵」になり。

チョウの翅

わたしは不思議に思う。
鱗粉《りんぷん》。魚の鱗《うろこ》のように並んでいる。
鱗粉。蝶の毛の変化したもの。
うちわのように、サクラの花びらのように、瓦《かわら》のように、鎧《よろい》のように。
二層のソケットになって並んでいる。

鱗粉。何万枚あるのか。
極彩色の翅の色と模様。
鱗粉の美学。
どうやって創るのか。

子どもが両手で「チョウ」を作る。親指を交叉させ、ひらひら、と。
手を翅に。
子どもだましの遊びなのか。ひらひらと、手が翅になったのでは。

もし「毛」が「手」になれば、翅も鱗粉も、「蝶の手」ではないのかと。
蝶は、「万の手」で、翅の「あや」を織り、動かしている……。

蝶の小さな胸。強靭な筋肉。「万の手」の支え。
高く、遠く、蝶を舞い上がらせる。
蝶に魅せられた人たち、ミシュレ、ヘッセ、ナボコフ、北村透谷……。

大陸を渡る蝶——オオカバマダラ

カナダが寒くなる秋。
北アメリカで夏を過ごしたオオカバマダラ。メキシコを目指して飛び立つ。
はじめは、てんでバラバラに。
しだいに群れをなし、いつしかレーダーに捉えられるほどのかたまりになり。

やがてそれらは合流し、数千万の群れになり、メキシコはエル・オサリオの山に向かう。

たった数センチの頭で、巨大なカナダの五大湖を越え、アメリカの山河を越え。

誰に教わったわけでもないのに、どうやって、メキシコの山へ。

多くの研究者を魅了してきた壮大な蝶の渡りの神秘。


オオカバマダラ。地図を持っている、と。

地図があれば、目的地に向かえるのか。自分が今どこに居て、どちらの方角にメキシコがあるのか、あらかじめ知っていなくてはなるまい。

オオカバマダラ。羅針盤《らしんばん》をもっている、とも。


本能だ。

匂いをたどっている。

太陽コンパスを使っている。

地球の磁場を利用している。


それらの説明、少しずつ当たっているのだろう。

でも、磁場を感知できても、なぜカナダからメキシコへのルートなのか。

太陽コンパスも使うだろうが、最後のメキシコの山を、なぜ、いつ、どうやって、設定するのか。

カーナビでも、出発点と目的地の入力が必要だ。

たぶん、メキシコの山の匂いを目指しているのだろうと。

メキシコの山で冬を過ごす何億のオオカバマダラ。

大木を覆い尽くすように群がり、鈴なりになって、春までじっと動かない。

それだけのために、メキシコで過ごすのか。


春がくると北米に向けていっせいに羽ばたく。

でも一気に、カナダまで飛ぶわけではない。

カナダまでの一夏。ガガイモの葉を食べ、四世代、五世代を過ごしながら。

ゆっくりと徐々に。世代を変えて北上する。

カナダからの南下は一世代で一気に渡るのに、北上はなぜ四・五世代を費やし、徐々に北上するのか。

オオカバマダラの幼虫の食べる葉が鍵なのか。

オオカバマダラの幼虫の食べる葉。毒素（アルカイド）の多いガガイモ科。他の昆虫の食べないもの。

麻薬に似た毒素（アルカイド）を含む葉を、四・五世代たっぷり食べて進む。

ガガイモを食べた匂いの軌跡。点々と残り。

食べられたガガイモの葉は、警戒の匂いを吐き続ける。

食べた蝶も毒素の匂いを撒き散らし、捕食鳥を寄せ付けない。

そうして世代を費やして残された匂いのロードが、今度は南下する蝶のナビゲーションになるのか。

そして蝶同士はお互いの匂いに引きつけられ、南下の過程で寄り集まり、巨大な群れになり。

それでも、匂いロードの形成は「風」の力に頼っている。

カナダの五大湖を越えて匂いは飛んでいる。

迷い蝶の乗る、別な風の道もある。

タンポポ

わたしは不思議に思う。

タンポポに風が吹き。綿毛が飛んで行くことについて。

風はたまたま吹いてきたのか。

たまたま風が来たから、綿毛は飛んでいったのか。

タンポポは、世界に「風」が吹くことを「知っている」のでは。

タンポポは、「風」をつかまえるように、自分の「姿」を作っていたのでは。

「風」に向かう「姿」に。

タンポポは、世界に風があることを、どこかで感じている。

タンポポは、世界に風が吹いていることを、どこかで記憶している。

タンポポは、風の吹く「高さ」まで、茎を伸ばし。

タンポポは、風の通る「高さ」まで、綿帽子をもちあげ。

長い茎を支える根は、地中深く（五〇cmも！）真っ直ぐに伸びて。


ガラパゴス島の巨大タンポポ。

十五メートルの高さに。

深く根を張るタンポポ。高く伸びる意思を秘めている。

さらに、綿帽子の工夫、さらに、さらに、高く飛ぼうと。

羽をもつ種。


百の子房が、寄り合って一つの花頭に乗り。

「一つの花」のように見せ。

受精した子房、「百個の種」になる。

一個の種に一本の茎。その頭に「百の毛（冠毛）」。


種が花頭に軽く付くだけでは、わずかの揺れで墜ちてしまう。

きつく付きすぎると、花頭から離れられない。

絶妙の強度で。


「冠毛」は、ストローのように空洞で、銛《もり》のような「返し」がついていて、「返し」で「風」を引っかける。

タンポポは、いつどうやってそんな「冠毛」と「返し」を「考えた」のか。

晴れた日に「百の毛」が丸い「綿毛」のように広がり。

よく晴れた、よく風が通る日、綿毛はいっせいに大空へ舞い上がる。

遠くへ。

未知の土地へ。

どんな風でもいいというわけではなく。

上昇する強い風を選び、綿毛は花頭を離れる。

《異聞》

タンポポに、「風を読む力」があり。

タンポポに、「風を記憶する力」があり。

タンポポに、「風に乗る形を作る力」があり。

その全体の姿を、わたしたちはタンポポと呼んでいるのだとしたら、
わたしたちはなんと偉大なものを、なんとかろやかで、なんとほんわかした名で呼んできたのだろう。


そんな偉大なものを手にするのに、お金を払わなくてもいいなんて。


綿帽子の飛んでいった後、茎のない葉が残り。

冬の日、地面に張り付くように伸びる葉。

深い切れ込みを入れた不細工なギザギザの葉。

幼葉は楕円なのに、成長すればギザギザに。

そんなギザギザに風がひっかかり。

葉と地面のすきまに風が取り込まれる。

タンポポは、冬には冬の風の使い手になる。

みかん

わたしは不思議に思う。

ミカンのつぶつぶの小袋。小袋を包む三日月の中袋。その中袋を包む大きな皮袋。その何層にも守られた不思議な形状について。


「ミカンは、毛の中の汁を味わっている、と聞かされるとみな驚いてしまうだろうが、実際はそうであるからおもしろい。もし万一ミカンの実の中に毛が生えなかったならば、ミカンは食えぬ果実としてだれもそれを一顧もしなかったであろう」

（牧野富太郎『植物知識』）


ミカンの実に「毛」が？　千の毛が。ミカンは千手の果実か。

細いストッキングのような毛。そこにミカンの魅惑の汁が貯まる。

膨らむ汁袋。小さな豊満。千のストッキングに足を

入れる千のモンロー。

「和銅三年（七一〇）、入唐《にっとう》学問僧道顕《どうけん》はじめて柑子《こうじ》（みかん）を持ち来る。それを植える」

（東野治之『遣唐使』）

《異聞》

北の寒い国のリンゴ。温かい南の国のミカン。

赤と黄。甘さと酸っぱさ。

リンゴの深層。アダムとイブ、ニュートン、白雪姫、銀河鉄道の夜。革命の色。なぜそんなに赤いのか。

ミカンの深層。芥川龍之介「蜜柑《みかん》」、高村光太郎「レモン哀歌」。地中海のオレンジ畑。黄色、ゴッホ、ひまわりの黄色、日光の色が違うのか。

リンゴの根源語。一手一房。北の少ない日光を大事に一袋に。

ミカンの根源語、千手千房。あふれかえる日光を小分け袋に。

注：トウモロコシの多毛も。一本の毛に、トウモロコシの一粒の実がなる。

草木について――植物と動物の同根の次元への思い

わたしは不思議に思う。

「くさ」が、「草《くさ》」と書かれ「種《くさ》」とも書かれてきたことについて。「くさ」が、ものの原料や材料として、さらに、ものを生む「種」として、意味していたことについて。

ものごとが生まれるところに、「くさ」があったことについて。

手品に残る「種も仕掛けも」について。

「くさ」は、匂う。かぐわしい匂いは香りとなり。

「くさ・し」は「くさい」に。腐る、朽ちる臭い。

「つながり」が切れると、死臭のような「くさる」臭いに。

「くさ・り」。「くさ」をつなげたもの。つながり、つなぎ合わせ、続くもの。のちに金属の「くさり」に。

編み物は「くさり」であり、ＤＮＡと呼ばれるものも「くさり」であり「くさ」であり……。

「それでもからだくさがべ?」

「うんにゃ　いつから」

（宮沢賢治「無声慟哭」）


わたしは不思議に思う。

「くさ（草木）」が受粉し、種を作り、その種を「遠く」へ飛ばそうとしていることについて。

「遠く」とは?

地球に四季あり、寒暖の差あり、そこに向けて風が吹くこと、その風を読むこと、だから地球に長い風の流れがあり、地球の「長い」サイクルが読めること。

「地球」が、「大地」と「天空」の「わ」である、と、わかっていること。

「遠くへ」とは、この「地球のわ」への深い理解であること。

その地球の「わ」にそって、吹く風に乗せるように、草木の種が放たれること。


その「風」に乗り「天空」に浮遊するために、「種」たちの、目を見はる巧妙で不思議なデザインがつくられ。

羽をつけ、綿を付け、棘を付け、髪の毛をつけ。

フリルのように、グライダーのように、ヘリコプターのように、パラシュートのように、ボートのように、綿帽子のように。

鉄砲ではじかれるように、砲丸投げのように、動物に食べられやすいように。

塵のように軽く、小さく、……より遠くへ。

その無駄のない、効率的に造られた「種」のデザイン。

なぜそんなことが。

草木のどこで、何が、「考え」「計量」しているのか。

草木から離れてしまう「種」のことは、草木にはわかりようがないのに、草木は、より「遠くへ」飛べるように、あらかじめ草木の中でデザインされ。飛んでいったものに、うまく飛べたか尋ねることができないのに、どうしてより巧妙に飛べるように、あらかじめデザイン改良ができるのだろうかと。

「大地」と「天空」の二極、下降と上昇の二極、をまたいで生きる姿。
「大地」と「天空」を、「わ」として生きるための体造り。

草木の根が、幹を支え、葉を茂らせ、花を付け、実や種を付け、その種を飛ばすことの、一連のサイクル。草木はすべて「先まわり」し、企画し、計算し、造り上げげ。
草木の根は茎を、茎は葉を、葉は花を、花は種を、種は根を、それぞれが瞬時に「感知」されていて。どこかの一部分が草木なのではなく、一連の「わ／サイクル」そのものが草木であり。

草木の、「わ」体の、地球規模の創造性にあやかろうと、あらゆる生きものが、ウイルスから菌類、昆虫、鳥、動物までもが、草木に取り付き、共生したり、食糧にしたり、宿にしたり。

草木は、防御網を張る。葉に、幹に、根に、防御のための「毒素」や「におい」。それが「薬」になり「香り」になり、多くの生きものの暮らしを助け。

「風」に乗って運ばれる「におい」。花の匂い、葉の匂い、茎の匂い、樹液の匂い、性の臭い。根の匂い、外敵に警戒させ、鳥や虫を招き寄せ。
「匂い」は草木の「て」。繁殖のため生きものを招き寄せる道しるべ。草木の「案内地図」。
「て」が「地図」に、「地図」が「て」に。
草木も「地図」で世界を見ている。

匂いは誘惑。警戒。予期。予兆。草木の体の「延長」。生きものの「わ」の「節目」と「境目」とその「地図」の指し示し。

《**異聞**》
わたしは不思議に思う。
草木が、あまりにも動物から分けられ説明されてきたことについて。草木は動かず、動物は動く、かのような説明。動物には知性が、草木には感覚すらがないかのような。

しかしダーウィンはすでに気がついていた。植物から動物が進化したと考えることには無理があることについて。だから彼は、「よじのぼり植物」や「植物の運動力」や「食虫植物」に大きな関心を示し続けて。

今一度かえりみられるべきこと。軟体生きものへの熟視。ヒドラやクラゲのように、海底と海中の二極をサイクルに生きる生きものから、大地と天空の二極を生きる植物や動物が生まれて来た、ということについて。

匂い

鼻毛ではなく。

鼻腔のなかに、イソギンチャクの触手のような繊毛《せんもう》が生えていて。

この繊毛の粘質《ねんしつ》の表面で匂いの分子がキャッチされる。

世界は「数兆個」に分かれていて。

「数兆個」のひとつひとつが気化し「匂い」になり。

その「数兆個」の「匂い」を嗅ぎ分け、記憶できるのが「嗅覚」の偉大さ。

その嗅覚の繊毛の粘質。「兆手」を動かしているもの。

紅茶に浸ったマドレーヌの風味から幼少期の過去が蘇《よみがえ》る。

プルーストの話は何も特別なことではなく。

匂いは、一気に過去の一つの場面に触手を伸ばし。

花の匂い。

どこからか風に乗って飛んでくる。

嗅覚の触手は匂いの元に、その匂いの出る場所に、「手」を伸ばし。

空間の場所にも、時間の場面にも、嗅覚の触手が伸び。

「兆手」としての匂いの触手。

「匂い」の共有。

共生。

「匂い」で結びつく生き物たち。

匂いの放つものの姿の記憶。

ニワトリの卵

わたしは不思議に思う。

ニワトリの卵が固い殻に包まれていることについて。

中身が黄身と白身でできていることについて。その黄身と白身が、碗《わん》のなかでは、どろっとしたかたまりであり、でもそれが「一個」「一細胞」と呼ばれること、について。

そのスライム（軟泥状《なんでい》のもの）が、温められると二十日ほどでヒナになること。そのどろりとしたものが、ニワトリになるあらゆるものを含んでいること。「一」が「多」であったこと、について。


殻《から》とは何か。

殻を温めると黄身の中に淡く白っぽい小さな胚が。

一日目、三ミリほどの神経と体節とうす赤い血管。

三日目、四ミリ。少しの脳と心臓と目と耳。へそのあたりから真っ赤な血管が枝分かれ、卵黄全体に大河の支流のように広がっている。異様な光景。小さな心臓が動き、血液が動き、卵黄や卵白の栄養を、休まず中央の「み」に運んでいる。

四日目、八ミリ。翼や足が。眼も黒く。

六日目、十ミリ。胚全体が動く。卵黄、さらに細かく張り巡らされた血管で真っ赤に見える。

八日目、胎児のまわりに袋ができ、羊水でみたされ、魚のように水中生活を始める。

十日目、頭、胴、翼、足、尾のかたちがすっかり整う。

十六日目、羽毛が生えそろい、長くなる。

二十日目、殻を破ってヒナが生まれ出る。

この二十日で、生命史四十億年をかけぬけるように。

「殻」のなかで。

「殻」が「さき」なのか、「どろり」が「さき」なのか。

《異聞》

どろりとしたものから、たった二十日で、どうしてニワトリの姿が現れるのか。最後のニワトリの「あや」は、はじめの、混沌としたゼリー状の中にあったのか。骨も血も羽もくちばしも、それを造る素材そのものが、スライムのなかで調達され、最後の「すがた」に向けて、紡ぎ出され。その「最後のあや」までを決める「全体のあや」が、このどろりとしたものの、どこにどのようにしてあったのか。そして、「最初のあや」から「最後のあや」までの「あやとり」をしたもの。そのあまりもの巧妙さ、不思議さを、古代人も描いたはずだ。

「北に「魚」あり。名を「混《こん》」という。その大きさ、幾千里かわからない。のちに「鳥」となった。名を「鳳《ほう》」という。その羽の大きさは幾千里かわからない」

（『荘子』1—1の詩訳）

ニワトリの「卵」がもつ「庭」。惑星をまわる広大な庭から、「飛ぶ」ための「あや」をつむぐ。「鳳《ほう》」と呼ばれる「風の神」にそって飛ぶための「つばさ」の「あや」を。「こよみ」が刻み込まれた「あや」を。

庭と巣と卵と鳥と

わたしは不思議に思う。

カラスが「庭」の小枝をからませ「巣」をつくり、ツバメは「庭」の土と唾液とからませ「巣」をつくり、ヒナを育てる、ことについて。

あらゆる生きものが「庭」を持ち、「庭」の素材を使い「巣」をつくり、子孫を残してきたことについて。

惑星が庭であり、海中が庭であり、地中が庭であり、地上が庭であり、風が庭であるような生きものについて。

他の生きもののからだを「巣」にしてきたもの、自分のからだを「巣」にしてきたもの、について。

《異聞》

「からませる」とはどういうことなのか。「かむ」「くむ」「交叉させる」。織姫は「庭」の「星屑」を「からませ」、「糸」をつくり、「み（身・実）」をつくり、「巣」をつくり、「たまご」を育て、鳥の「あや」し。やわらかい「糸」から、からませた「巣」へ。からませた「巣」から、からませた鳥へ、鳥の「あや」へ。

Ⅲ　ひと篇

「て」について

わたしはたずねる。

幼児のつくる「ちゅーりっぷ」について。

「て」が「ちゅーりっぷ」になっているのか、

「ちゅーりっぷ」が「て」になっているのか。

五本のゆびと、五本のゆび。「てくび」であわせ、

「ちゅーりっぷ」。

「てくび」で？


わたしはたずねる。

両手で水をすくうことについて。

「てのふち」を合わせ、水がこぼれないように。

「てくび」をしっかりとあわせて。

こぼれないように？

「からだ」の水も、こぼれないように。なにかが合わさり、なにかに包まれ、どこかにある「てくび」で。


「いのち」をつつむ「て」がある？

「いのち」にくっついて「て」がある、というのでなく、「て」そのものが「いのち」であるように。

「いのち」に「て」がある、というのでなく、「て」に「いのち」がある、というように。

ダ・ヴィンチ『聖アンナと聖母子』の不思議な手足の構図

わたしはたずねる。
ダ・ヴィンチ『聖アンナと聖母子』の習作の不可解な手足の構図について。（絵はネットで見てください）
「聖アンナ（マリアの母）」の膝の上に「聖マリア（キリストの母）」が座り、「聖マリア」に「キリスト」が抱かれ、「キリスト」が「子羊」を抱き、あるいは「幼児ヨハネ」が抱きつき……。でも誰がどのように座っているのか。下半身が「ひとつ」のように、渾然一体と。
謎解きは、謎解きを呼び、フロイトも、人を惑わす

もっとも魅力的な説（「フロイト「レオナルド・ダ・ヴィンチの幼年期のある思い出」の無意識分析）を書き。

下半身の不可解な構図は解けなくても、『聖アンナと聖母子』群は、「て」によって「束ね」られていることは、わかる。二本ずつの「て」。聖アンナの「て」が「聖マリア」を。「聖マリア」の「て」が「キリスト」を。「キリスト」の「て」が「子羊」を。絵の構図は、株分けをせず、茎を伸ばし茂る植物のように描かれている。

あのダ・ヴィンチの「オオアマナ（英名「ベツレヘムの星）と草花」のスケッチ」のように。あるいは、「花をつけた一茎のユリ」のように。表向きの「花」は「複数」なのに、「下半身」は渾然一体に描かれて。

まるで「こころ」が、「人格」が、「多数」で現れながら、根っこは「ひとつ」であるかのように。

「ひとつ」から「多数」がというのではなく、そもその「ひとつ」が「多数」であるというように。

「ひとつ」の「てくび」から「五本のゆび」が、というのでなく、「ひとつのてくび」そのものが「五本のゆび」の束ねであるかのように。

「て」そのものが、「五本」の「ゆび」でありつつ、「二本」の「うで」でありつつ、「千手」を秘めているように。

もちろんダ・ヴィンチも、「て」が「千手」であることの秘密を描いていて。「最後の晩餐」の不思議な絵に。

この絵に十二人の「て」が四方八方に。

中央のキリストの「て」だけが、上向きに、と、下向きに。

画面下の巨大なテーブルが、一同の下腹部を渾然一体にし、そこから十二プラス一の「て」が、「千手」として、千の方向を示していて。

「最後の晩餐」のテーブルは「大地」。そこにまかれた「種」が、千の方向を指さしている。

あの「オオアマナ（英名「ベツレヘムの星）と草

花」のスケッチ」のように。

あの「聖アンナと聖母子」の構図に似て。

朝、なにを食べたのか言ってごらん

わたしはたずねる。

朝、なにを食べたの？

コーヒー、パン、ピーナッツバター、コーンスープ……。

米、みそ汁、納豆、とうふ、醤油……。

みんな「豆」で、「種」じゃないですか。

「種」の蓄え。栄養とよばれるもの。

私たちはでも、「種」を食べている、と思っていない。


もしも、わたしのまわりに、ツクシのように「胞子」しかつけない植物がいるだけだとしたら。「胞子」で朝食ができる？

わたしは言うだろう。トウモロコシを、米を、小麦を、大豆を、そら豆を、らっかせいをと。

「胞子」ではなく、もっと「種子」をと。

でもいったいなぜ植物は、栄養を内蔵する「種子」をつくることにしたのか。

それにしてもそもそも「栄養」とは。


朝（子ども時代）、なにを食べたのかいってごらん。

「胞子」のようなものしか、食べさせて貰えなかった子どもと、「種子」を食べて育った子どもと。

「君がなにを食べたのかいえば、君のことを当ててあげよう」（フォイエルバッハ）

「種子」は、ふくれ、ひろがる。

子どもの食べた「小さなお話」に、「根」と「葉」がつき、「夢」にむけて枝葉が茂る。

「一粒の種」の威力。


「天国は、一粒のからし種のようなもの。それはどんな種よりも小さいのに、成長すれば、野菜の中でいちばん大きくなり、空の鳥がきて、その枝に宿る

ほどになる」（マルコ4章）
「天国」は「喩」なのか。
「からし種」は「喩」なのか。
それとも「喩」が「種」なのか。
フランス革命以降にでき、最も恐れられた言葉、
「自由」。
言葉が、「からし種」になる！
独裁者は考える。
子どもに読ませてはいけない「お話」を。
「朝」に、食べさせてはいけない「種」を。

「種（イントロ）」について

わたしはたずねる。
「イントロ」を聴くと、ある音楽が思い浮かぶこと
について。
瞬時の音に、「一曲」を想起させるものがあること
について。
「イントロ」があって「一曲」があるわけではなく、
「一曲」があって「イントロ」があるわけではなく。
それでも、「イントロ」を聞き、ようやく思い出せ
る「一曲」があり。
「イントロ」が「一曲」全体の「種《たね》」になり。

「種」とは「イントロ」なのか。
「種」には「一曲」が含まれているのか。
そもそも「一曲」とは何なのか。

わたしは一枚の写真を見る。
弟がわたしよりまだ小さかった頃。琵琶湖の湖畔の
バンガロー。
楽しみだった、毎年の夏休みがよみがえる。
エジプトのピラミッドの斜面に立つわたしの写真。
スフィンクス、カイロの怪しげなバザール。下痢で
苦しんだアラブ旅行がよみがえる。
その写真を見なければ、決して思い出さないものが、
ゆらゆらと見えてくる。わたしの手が記憶に伸びて

いるのか。わたしは、記憶を触っているのか。

戦時中の、「一枚の写真」。苦しい記憶が次々に。

この「写真」は、いったい「あなた」に何をしているのか。

「写真」の場面だけを思い出せばいいのに、場面にかかわるたくさんのことが一気に引き出されてくる。

写真は、わたしの思い出の「種（イントロ）」なのか。

「写真」に「過去」があるのか。「写真」から「過去」がたぐりよせられているのか。

「写真」と「過去」。「過去」と「写真」。写真にならなかった過去は、もうたぐり寄せられないのか。

脳卒中から認知症に至った母。鹿児島の娘時代の写真をいつもにこにこしながら見ていた。

「写真」とは記憶ではなく、記憶の「種」なのか。

「種」がないと、もはや思い出すことはないのか。

記憶は「人生」のイントロなのか。

記憶は「種」なのか。

「アイディア」としての「種《たね》」

わたしはたずねる。

「アイディア（着想）」という「種《たね》」について。

すべては「種」の中に。それでも、まかれた無数の「種」は、条件とチャンスを得なければ「発芽」できないことについて。さらに「発芽」が「アイディア」のかたちになることについて。

「アイディア」という「あやとり」。「種も仕掛けも」あることについて。「種」があっても「仕掛け」がなければ、「発芽」しないことについて。

聖書の好きな「種まきのたとえ」（マルコ4。マタイ13。ルカ8）。「このたとえが分からないのか。では、どうしてほかのたとえが理解できるだろうか」と。

種蒔きが種をまいた。ある種は道端に落ち、人に踏みつけられ、空の鳥が食べてしまった。ほかの種は石地に落ち、芽は出たが、土がなく水気がなく、枯れてしまった。ほかの種は茨の中に落ち、茨も一緒に伸び、押しかぶさった。しかし、ほかの種は良い土地に落ち、生え出て、百倍の実を結んだ。

卒業式で教師のだれもが胸に描くこと。あの優れた生徒たちが、誰に出会い、誰と交わり、どのような待遇を受け、どのような手当てをもらうかによって……。

「アイディア（種）」は「朱に交わり」、「赤く」なり、「白く」なり、「黒く」なり、組み合わされ、あやとりされ、変貌し。

種《たね》と発芽《はつが》

わたしはたずねる。

子どもの頃に見聞きした物語。どれもまともには覚えていない。断片だけの記憶。

たとえば『鉄人28号』。雄壮な鉄人のシルエットと空を飛ぶ不気味なエイの姿。それだけなのに、なぜか心に残り。でも、そんな記憶が一体何になるのだろう。

物語を細かく覚え、一字一句、逃さず、意味を解析する文芸批評。

子どもたちは、そんなことをしない。多くの漫画や物語を読み飛ばす。読書感想文を書くにも、あまりにも印象は断片的で、血や肉になるようには見えない。

子ども時代の、断片でしか記憶に残らない物語群。しかし「断片」とは何なのか。なぜ「断片」なのに「残る」ものがあるのか。

そんな「断片」がいつしか「種《たね》」になり。

「断片」は、「継ぎはぎ」される。

自分の背丈に合うように、継ぎはぎされ、利用され、わたしを補強する。

「継ぎはぎ」するために、物語は「断片」として残され。

物語そのままを生きようとさせないために。

不用意に他人の物語を発芽させないために。

自分が生きやすいように、使えるように、物語は「断片」としてだけ残るように。

それを「種《たね》」として。


発芽させてはいけない「種《たね》」と。

発芽させる「時期」と。


学校に入り、会社に入り、それぞれの「庭」で「種《たね》」の発芽をうながすひとたちに出会い。

異人たち、偉人たち、奇人たち……禁制の「種《たね》」も発芽させられて。


発芽の「責任」は？

「種《たね》」にあるのか。「発芽」させた「庭」にあるのか。

つらい「きっかけ」が邪悪な「種《たね》」に気づかせ。怪奇な人格が、発芽させられ。

ラスコーリニコフのように。

「発芽」し、「事件」が起こり、捕らわれ、娼婦ソーニャとの出会いが「改心」の種を発芽させ。

ラスコーリニコフのように。

「庭」を育てる

わたしはたずねる。

わたしはどこで育ってきたのかと。

たくさんな物語が、わたしの荒れた大地に「庭」をつくってくれて。

根源の「先まわり」

わたしはたずねる。

いのちの根源にあるものについて。

二つの先まわりについて。

一つ。四季（春夏秋冬）を先まわりして知っていることについて。

もう一つ。いつか「死ぬ」ことを、先まわりして知っていることについて。


何億年の過去を宿しながら、ある過去を呼び起こすことについて。

「て」で呼びおこす。

「あたま」で、ではないの？

「あたま」は「て」が創った「特別なて」。

「あたま」のない時代。何億年も続いた「て」だけの時代。


「て」が「先まわり」し、過去と未来を「わ」に、むすびつけ。


「て」が、「わ」を、むすび、つむぎ、育て。

「て」が「わ」であり、「わ」が「て」であり。

その「サイクル」が「先まわり」であり、「さき」をつかむ「て」であり。


いのちも、こころも、根源に「先まわり」であること。

「先まわり」を「て」がやってのけること。

「て」が「さき」をむすび、そのむすびが「ことば」になり、「て」でつかむように、「ことば」が人をつかみ、いつのまにか「ことば」が「て」になり、すっかり「て」が「ことば」になることの、一抹の怖さについて。

「足」と「羽」と――「固着」と「上昇」について

わたしはたずねる。

「て」に二つのかたちがあることについて。

「足」とよばれる「て」と、「羽」とよばれる「て」、について。

海底と海中、大地と空。生きものが二つの世界を生きるかたちを造り、根源の「て」が、二つのかたちをむすぶようになったことについて。

海底に「固着《こちゃく》」する「て」と、海中に「浮遊《ふゆう》」する

「て」。

大地に「固着」する「て」と、大空に「はばたく」「て」。

「根」と「葉」。「足」と「翼」。

「下降」する「て」と、「上昇」する「て」。

「上／下」を、「わ」にする「て」について。

「上／下」を「先まわり」する「て」について。

えりざべとの手紙とでかるとの返事

わたしはたずねる。
「延長《えんちょう》」という不思議な言葉を、なぜでかるとは
「物体」や「体」に用いようとしたのかについて。
もし「体」に「延長」を用いるとしたら、それは
「て」としか言いようのないものではないかと。
クラゲのおそろしく長い触手は、「体」の何十倍の
「延長」であり、触手から発射される毒針もさらに
「延長」の「延長」であり……。
そして、記憶や予見までもがその人の「延長」であることについて。
若きボヘミアの王女えりざべと（二十四歳）は、でかるとが「延長」と呼ぶものについて、あまりにも率直で当を得た疑問を、なぜ投げかけることができたのか。

でかると様
あなたは、「物」が「延長（さわれる実体）」であるのに対して、「心」は、「思い（さわれない精神）」でできているとおっしゃっています。一方で、すべての「運動」は、何ものかに接触し（さわられ）押されることによって動く、とおっしゃっています。でも、ふだん心は体を動かし、体も心を動かしている、のを見ると、体（「延長」としてある物体）が、どうしてさわれない「心」に接触して動かせるのでしょうか。わかるように教えてください。
（『デカルト＝エリザベト往復書簡』講談社学術文庫から詩訳させていただきました。）

当時四十六歳だったでかるとは、まことにごもっともな疑問と質問であらせられますと、えりざべとに丁重な返事を送っている。内心、鋭い質問だとびっくりしていたのかもしれない。

えりざべと様
わたしの「説明」が不十分でしたね。「体」の説明と、「心」の説明の他に、「心身の合一」という別の次元の「説明」が必要なのに、それがうまくできておりませんでしたから。

この後のでかるとの返事は、往復書簡集に。わたしなりに思うことは、「体」に「て」があり、「体」がじつは「て」であるように、「心」にも、じつは「て」があり、「心」そのものがじつは「て」であることを理解することで、はじめて「心身の合一」という次元が見えてくるのではないかと。でかるとは、しかし「延長」のことを「て」のようには考えなかった。でも、ひょっとしたら、えりざべとは、この「て」のことを、でかるとにたずねたかったのではないかと……と。

というのも、もし植物の「種《たね》」を子どもが見た時、それを小さな石だとみなすでしょうが、農家の人は、「種《たね》」が「石」ではなく、「延長」をもっており、じつは「種」は「延長」そのものなんだよ、と子どもに言うのではないかと。「石ころ」のように見える「種」から、いつしかするするとつるが伸び、ジャックの「豆のつる」のように天にまでとどくものもあるのだからと。

えりざべとは、「体」の「つる（手）」と「心」の「つる（手）」がするすると伸びて、「体」と「心」を結び、動かしているのではと……。えりざべとの手紙（て）がデカルトにからみつくように。

すぴのざ「エティカ」詩訳

わたしはたずねる。
「種《たね》」の不思議について、どこまでも深く考えた人がいるのだろうかと。

世界の哲学史は「種《たね》」についての注釈史だから、世界の思索者は、この「種なるもの」について、よく考えている——だから「種なるもの」を考えたことのない人は、思索者から外さなくてはなりませんが——、その思索をわたしたちによく見えるようにしてくれた人はどこに居るのだろうかと。

たぶん三十歳のすぴのざは、「種《たね》」の不思議さに気がついていて、でも「エティカ（種《たね》の倫理学）」として完成させたのは死の前年（四十四歳）の時でした。

1：自分で自分をあらしめるもの（自己原因）——「種《たね》」。「種《たね》」とは、生の根本をそこに含むもの、あるいは根本を含むとしかいいようがないもの。
2：あるものが「有限」とされることがあっても、「種《たね》」を「有限」とするわけにはゆかない。「種《たね》」には、「有限」とされたり、「限界」をつけたりできないものがある。
3：「種《たね》」とは、それ自身でそこにあるもので、それ自身によってのみ明らかになるもので、他の「種《たね》」を必要とするものではない。
4：「種《たね》」には、現れてくる姿（属性）がある。
5：「種《たね》」には、姿の変容してゆくもの（様態）がある。
6：「種《たね》」（たいてい「神」と訳されますが）とは、無限なもの。永遠・無限に多くの属性からできているもの。
7：「種《たね》」には、固有の姿（たいてい「必然」と訳されます）があり、その姿を生かすことがその生きものの「自由」となる。が、別なところからみたら、それは「強制」されているようにみえる。
（注：クラゲは水の中でこそ「自由」であり、鳥は空の中でこそ「自由」があり、どのような姿で生きることになっても、その姿で生きる「自由」は認められるべきだと、すぴのざ。）
8：「永遠」とは「種《たね》」そのもののこと。このような存在は。持続や時間によって説明することができない。
（工藤喜作・斎藤博訳『エティカ』中公クラシックス、の訳文を参照し詩訳させていただきました。）

すぴのざは亡くなる（四十四歳）前年に、若きらいぷにっつ（三十歳）と会い、「エティカ（種《たね》の倫理学）」の草稿を渡している。「種《たね》」の思索は、すぴのざかららいぷにっつに受け継がれ。種も仕掛けもなく、らいぷにっつが生まれたわけではなく。

らいぷにっつ「モナド」詩訳

わたしはたずねる。
「種《たね》」について考えたらいぷにっつ、について。
彼が「種《たね》」を「モナド（一なるもの）」と呼びかえたことについて。

1：ここからお話しする「モナド（一なるもの）」とは、複合体をつくる、単一の「種《たね》」のことです。

2：複合体がある以上、単一な「種《たね》」はかならずあります。複合体は、「種《たね》」の生成体です。

3：「種《たね》」は、分けられない。「種《たね》」は、分割できない。そういう意味で、「種《たね》」は、自然におけるいのちの原型で、いのちのかなめです。

4：「種《たね》」は、分解も解体もないので、自然に消滅してしまうこともありません。

5：「種《たね》」は、自然的に発生することはない。「種《たね》」は、部分の組合わせによってつくることができないのです。

6：だから、こうも言えます。「種《たね》」は、発生も終焉も、かならず一挙になされる、と。でも「種《たね》」から生成する複合体となると、そういうわけではありません。複合体は、一部分ずつはじまり、一部分ずつおわってゆくからです。

7：もし「種《たね》」に内部があるとしても、それは変質や変化をうけるということはありえません。そこは、説明のしようのないところです。「種《たね》」のなかみは、手加減をくわえたりすることなど、考えられないからです。そのようなことができるのは「複合体」においてのみです。というのも、「種《たね》」は「て」の「編み目」としてできているのですから、「目」を詰めてしまえば「窓」は「ない」ようにみえます。でも、どんなに詰めても「編み目」である以上、そこを通って互いに出はいりできるような「窓」はあるのです。
18：創造されたモナド、つまり「種《たね》」には、どれにもエンテレケイア（手）があります。モナドの中には、完成した性質があり、自足性があり、自分が自分の源になるような、未形の「たくさんな手」があるからです。
70：そのようなことから、どの生きものの体にも、おのおのを造り上げるエンテレケイア（手）があり、動物の場合、それは魂であることがわかります。そして同時に、その体のどの部分にも、他の生きもの、植物、動物がみちていて、そのおのおのが、それを造り出すエンテレケイア（手）をもっていることもわかります。
（清水富雄・竹田篤司訳「モナドロジー」『ライプニッツ』中公クラシックス、の訳文を参照し詩訳させていただきました。）

ブーバー「われとなんじ」

わたしはたずねる。


ひとが世界に対して二つのことなった態度をとる、ことについて。そのために、世界は二つとして現れることについて。

二つの態度は、そのひとが語る二つの根源語から生まれる。

二つの根源語は、一つの語ではなくて、むすびつけられた語である。

根源語の一つは「われ―なんじ」のむすびであり、他は「われ―それ」のむすびである。

この場合の、「それ」のかわりに、「かれ」「かの女」という言葉を使っても、かわりはない。

（ブーバー「われとなんじ」は野口啓祐訳『我と汝』講談社学術文庫の訳文を参照し詩訳させていただきました。）


ここには「人称」のことが語られている、と思ってきたが、違っていた。「われ―なんじ」の「なんじ」は、生命の総体の基本形（「わ」形）を感知する呼び方、「われ―それ」の「それ」は、人間の世界のかかわり方（関数）を呼ぶ呼び方、だった。

「人称」にこだわってはいけなかった。

「生命の総体の基本形（「わ」形）」は、「て」であり、生きることが「て」による「むすび」として存在することの感知であり。

「人間の世界とのかかわり方」は、「関数」の「知」であり、「知」による「むすびつけ（言語）」として存在する。

＊

ブーバーの「証明」の仕方。

わたし（ブーバー）は一本の木について考える。
①　わたしは、それを一枚の絵として眺めることができる。
②　つぎに、それを運動として眺めることができる。木は、大地に根付き、生々と鼓動している幹、それにむすびつく脈管、地中の養分を身体の中に吸いこもうとつとめる毛根、大気を呼吸する葉、永遠に交錯している空と土、あるいはわれわれの目にはしかと見えぬ成長……。
③　さらに私は、その木を種《しゅ》に分類し、その生命の構造や様式を一つの類型として調べることができる。
④　また、わたしは木を数のような純粋な数理的関係に還元して、その実在性を消滅させ、それによって木を永遠のものとすることもできる。
　上述したような場合は、いずれも木はそれ特有の性質と構造とをそなえ、わたしの対象として存在するものとなる。

ところが、もしもわたしにそうする意志があるのなら、わたしが「その木と関係を結ぶ」こともできる。このとき、木はもはやわたしたちにとって「それ」ではない。それはまさに「なんじ」であり、「なんじ」の力にとらえられている。

では、わたしが、木と、「われ―なんじ」の関係をむすんだとき、その木についてのすべての考え方を捨て去らなければならないだろうか。そのようなことはない。それどころか、わたしが木と関係をむすんだときには、木の形も、その動きも、種類も類型も、法則も数も、みな「われ—なんじ」の関係にわかちがたく結びついてくるのがわかる。

こうして、この木に属するすべての事柄は、まさに「われ—なんじ」の関係にふくまれてしまう。木の形も構造も、色も、化学的組織も、自然力や星との交りも、すべてが一なる全体のうちにふくまれてしまう。

それなら、木もわたしと同じように意識を持っているというのだろうか。それについては、わたしはわからない。だが、われわれは自分に意識があるように思うからといって、同じことを木にもあてはめてはならない。わたしはいままで、木の精とか木の霊とかいうものに出会ったためしがない。知っているのは、ただ木そのものなのだから。

（この「木」を巡る話も、野口啓祐訳にそっています。）

＊

ブーバーは、わたしたちが、生命に向かい合うかたちと、人間に向かい合うかたちに、はっきりした「違い」があることを訴えている。どちらが優位で、というのではなく、あまりにも、人間が人間を見る見方でもって、生命の総体を見下してしまっている見方に、根本的な「異」を唱えるために……。

「木」というものに対し、計測し、数量化し、分類するように「相手」にすることはもちろん大事だし必要だし。ただそれは人間的な見方であって、そういう見方に対して、「木」に触れながら、「木」に触れられているような、「わ」の感触の次元があり、それは「木」が「て」によって結ばれてきた生命糸として存在している次元の感触。その「て」の「わ」の「むすび」をブーバーは「なんじ」と呼ぼうとしたのではなかったかと。

パスカルの「葦《あし》」

わたしはたずねる。

「人間は一本の葦にすぎない。自然のうちで最もか弱いもの。しかしそれは考える葦だ」（パスカル『パンセ』塩川徹也訳）について。

パスカルは「人間」のことを考えていたのか、「葦」のことを考えていたのか。それとももっと違ったことを考えていたのかと。

パスカルは「葦」、「一本の葦」を、「最もか弱いもの」と見立てていて。なぜパスカルは、「葦」をそんなふうに見ていたのか。

細い、一本の、「葦」。それが「弱いもの」に見えている……。

それとも「一本」と呼ばれるものをはじめから「弱い」と見なしていたのか。

そもそもこの「一本」に見える「葦」とは何なのか。

詩訳

一本の葦。たくさんな糸の束ねられた繊維でできた葦。それは自然の中でも最も強いもの。その葦を人に例えてはいけない。「人間は一本の葦である」などと言ってはいけない。人間は嵐には耐えられない。耐えるためには「武装」しなくてはならない。しかし葦は「一本」の姿で嵐に耐える。耐えられるように、我が身を創っている。「一本」とは「千の手で束ねられた姿」だから。「束ねる」ことの偉大さ。「束ねる」ことは深く「考える」こと。だから「葦は、考える葦」である。なのに、「人間は考える葦だ」などと言うものがいる。なぜなら「人間は考えることができる」からだと。「宇宙に押しつぶされようとも、人間は自分を殺すものよりさらに貴い。人間は自分が死ぬこと、宇宙が自分より優位にあることを知っているのだから。宇宙はそんなことは何も知らない」などと。（『パンセ』塩川徹也訳から）

《異聞1》

葦の細い茎。引き裂くとさらに細い茎（セルロース・食物繊維《せんい》素）。それを裂くとさらに細い茎（セルロースナノファイバー）。それを固めると「鉄」よりも強い「繊維」になる。

「人間」よりも、はるかに固く強いセルロースの世界。

「葦」は、あらゆる災害を「先まわり」し、とらえ、「大地」と「天空」に向かい合う身体を作ってきた。パスカルが「葦」をよく知らないことより、三百年後のわたしたちに、まだ「葦」を見る目の貧しさがあることについて。

《異聞2》
「葦」。川や沼、湖の水辺に長い地下茎をはわす。地上三メートルにもなる茎。強風で倒れても折れず起き上がる。
この「茎」。維管束《いかんそく》、導管《どうかん》、篩管《しかん》……それら繊維（ファイバー）の束。さらなる繊維素（セルロース）の束。グルコースの結合した鎖状《さじょう》高分子化合物。電子顕微鏡は、そこに「極微《きょくび》の糸（ナノファイバー）」を発見。
「一本の葦」は、「極微の糸」の「百万の束」だった。そしてあらゆる生きものが、この「極微の糸」の世話になる。

「植物繊維」で「巣」を作る魚や鳥や動物たち。

「人」も「衣・食・住」で「繊維」の世話になり。

衣服。繊維の糸をつむぐ。

食物。繊維の実りをいただき。

住居。丸太になった繊維・木材の建築物。

アジアの習俗の「葦」。生活必需品。すだれ、かやぶきの屋根、葦笛、葦舟、葦紙、生薬《しょうやく》としての根……。


日々の暮らし。すべてが「極微の糸」の加工物。

そして「ナノファイバー」の最新の加工技術。軽量で、鉄よりも強い素材の開発。食物繊維で、車や飛行機や船や高層建築が作られる時代に。

「考える糸の束」としての「一本の葦」。その「一本の葦」が「千手の葦」であったこと。その「千手の葦」が、あらゆる天災を「先まわり」し、耐えられるように作られていたこと。だからこそ人間の「衣食住」に利用されてきたこと、について。

ゆり――『苦海浄土《くかいじょうど》』

わたしはたずねる。

「たましい」と呼ぶしかないようなものについて。

「ゆりはもうぬけがらじゃと、魂はもう残っとらん人間じゃと、新聞記者さんの書いとらすげな。大学の先生の診立《みた》てじゃろかいなあ。そんならとうちゃん、ゆりが吐きよる息は何の息じゃろかー。草の吐きよる息じゃろか。うちは不思議で、ようくゆりば嗅いでみる。やっぱりゆりの匂いのするもね。ゆりの汗じゃの、息の匂いのするもね。体ばきれいに拭いてやったときには、赤子のときとはまた違う、肌のふくいくしたよか匂いのするもね。娘のこの匂いじゃとうちは思うがな。思うて悪かろか……。ゆりが魂の無かはずはなか。そげんした話はきいたこともなか。木や草と同じになって生きとるならば、その木や草にあるほどの魂ならば、ゆりにも宿っておりそうなもんじゃ、なあとうちゃん」

（石牟礼道子『苦海浄土』）

ゆりの「匂い」をかぐ。ゆりの存在を「匂い」で感じる。

ゆりの汗、息の匂い、赤子と違うふくいくしたよか匂い、娘の匂い……。

「匂い」をかぐ、とは？「匂い」のもとにある「生命」の営みをかぐ。「ふくいく」した命の匂い。

「匂い」は、ゆりの「て」。ゆりの波打つ生きる意志、生きる「みさき」が、さらなる「さき」にむけて投げかける「て」。

草や木に「匂い」があるのはなぜ？

草や木が、まわりの草や木、虫たちに伸ばし、触る「て」。

「木や草と同じになって生きとるならば」という母。

草木に魂があるように……という問いかけ。

「魂」とはこの「匂い」の「て」のことではなかったか。

『いのちの初夜』

わたしはたずねる。「肉」の病が「美」の病になり、「美」の病が「肉」の病になることについて。「病」への問いが「美」の問いに。そして「倫理」の問いになることについて。

鼻が溶け、耳が変形し、視力が衰え、顔中に腫れ物ができ、手足の指がなくなり、脱毛と味覚、嗅覚の衰え、マヒと痛みと……治療法の無かったころのハンセン病の描写について。もともと感染力の弱い細菌による病なのに、「美」を犯されることで増大させられる恐怖。

毎日鏡を見る私たちに耐えられるかと問いかける病。

「尾田さん、あなたは、あの人たちを人間だと思いますか」

「ね、尾田さん。あの人たちは、もう人間じゃあないんですよ」

「人間じゃありません。尾田さん、決して人間じゃありません」

「人間ではありませんよ。生命です。生命そのもの、いのちそのものなんです。僕の言うこと、解ってくれますか、尾田さん。あの人たちの『人間』はもう死んで亡びてしまったんです。ただ、生命だけがびくびくと生きているのです。

（北條民雄『いのちの初夜』少し省略）

「人間」と「生命」を分ける視点が問われている、と読むべきか。

それとも「美」と「醜」が対比されている、と読むべきか。

それとも「人間」の「倫理」が問われている、と読むべきか。

信頼、依頼、の「頼《らい》」。「善・幸・福の意があり、みな依拠すべきものであるから、依頼という」とされ、「頼《らい》は天与のものをいい、癩《らい》は神聖病とされた」と白川静。孔子が弟子の伯牛の病を見まい、手を取って「この人にして、この病あること」と嘆いたという。その病が「癩」であったという。「倫理の人」と「癩の人」の対比。

『もののけ姫』に描かれる包帯に巻かれた不治の病の人びとと、エボシ御前。アシタカが案内される「庭」での会話。

「ここはみな恐れて近寄らぬ。わたしの庭だ」

「お若いかた。わたしも呪われた身ゆえ、あなたの怒りや悲しみはよくわかる。わかるが、どうかその人を殺さないでおくれ。その人はわしらを人としてあつかってくださったたったひとりの人だ。わしらの病をおそれず、わしの腐った肉を洗い布をまいてくれた。生きることは、まことに苦しくつらい……世を呪い、人を呪い、それでも生きたい……どうか愚かなわしに免じて……。

（『もののけ姫』）

「癩病」と名指しはされない「腐った肉」の病。描写されているのは「不治の病」なのか。それとも、「美の化身・エボシ御前」と「撃ち抜いた肉を腐らせる鉄砲を造るものたち」との対比なのか。それとも「腐る海」「腐海の蟲たち」と「ナウシカ」との対比なのか。

その町に、癩に満ちた男がいた。イエスを見てひれふし、願って言った、「主よ、もしもお望みなら、あなたは私を清めることがおできになります」。そして手をのばしてその男にさわり、言った。「望む。清められよ」。そして直ちに癩はその男を離れた。

（ルカ5 12―13、マルコ1 40―45 田川建三訳による）

イエスは「癩の男」に「手を伸ばして触った」という描写。ここには「病」の治療が描かれていたのか、それとも「て」の儀式が描かれていたのか。

ラスコー壁画

わたしはたずねる。

二万年前。暗く奥深い洞窟の中。なぜ「そこ」に「絵」を描く必要があったのか。明るいところで描けば、もっと楽に描くことができたはずなのに。

それとも「絵」ではなかったのか。

「入れ墨《すみ》」のような。見えない「背中」に「竜」を彫るような。

洞窟は「見えない背中」だったのか。


ウマの群れ、牡シカの群れ、オーロックス（原牛《げんぎゅう》）の群れ、バイソン（野牛《やぎゅう》）の群れ。走る群れ。

「前」をゆくものと、「後」についてゆくもの。


ヨーロッパ大陸を大移動する生きものたち。

ヨーロッパの四季の中、餌場と繁殖地の循環の移動。

群れで通り過ぎ、また戻ってくる。


ラスコーの壁画。右に移動する牡牛たち、左に移動する牡牛たち、向かい合い描かれる。

彼らに、去って、戻ってくる「わ（周期）」がある。

彼らを獲るための「わ」の意識。

偉大な「わ（周期／こよみ）」の意識。

その「わ」、その「暦」、を「見る」ための「壁画」の仕掛け。


「わ」の不思議。四季の不思議。大移動の不思議。

現れ、群れ、子を産み、去り、再び現れる「わ（周期／サイクル）」の不思議。


「わ」をむすび、留め、「こよみ」に仕立てる「て」。

「て」が、色を作り、火を造り、行って戻る生きものの移動を、暗い洞窟の壁画に結び留める。

「て」が。「て」だけが、なしえること。

その見えない「て」の神秘。

ラスコーの壁画に残されるたくさんの「手型」の意味。

アランの幸福論

わたしはたずねる。

不機嫌《ふきげん》とか、気が沈む、気が重い、うつになる、というときの「機嫌《きげん》」とは何なのだろうと。それを良くする方法が、体にあるとアランがしきりにいうことについて。

本当に「辛いこと」が「外」にあるとき、心を穏やかにする方法が「内」にある、のだろうかと。

アランの幸福論の核心にある「怒り」とその対処法。

「喪失」と「怒り」。この「憎悪」どこにぶつければいいのだろう。

「機嫌」を直す？　それは「機嫌」の問題なのか。

「怒り」の中で拳《こぶし》に力が入る。体が「固く」なる。

「外」に起こる理不尽な出来事。それに向かい合うことと、私たちが体を生きているとは、別のこととアランは言う。

「怒る」ことの対極に「体をほぐす」ことが、と。

体操と音楽。これが医者プラトンの用いる二大療法だったと。体操、筋肉が筋肉にほどこす適度の訓練、その狙いは、筋肉を伸ばし、その形に応じて内部からマッサージをする。調子の悪い筋肉は、埃《ほこり》のつまった海綿《かいめん》に似て。筋肉も海綿も、掃除をするには水を吸わせてふくらませ、何回も押す。従来、生理学者たちは、心臓は中に空洞のある筋肉と、聞きあきるほど言っている。しかし、筋肉というものには、それぞれゆたかな血管群が含まれ、それが血管の収縮と弛緩とによって圧縮と膨脹をくり返しているのだから、一つ一つの筋肉は海綿状をした一種の心臓である。これらの心臓つまり筋肉は、体調回復の原動力としてかけがえのない部分であるのだから、これを意志の力によって調整することだ。

（「85　医者プラトン」『幸福論』大木健訳を少し短く）

「海綿」の比喩。海綿はもっとも原始的な動物。鞭毛のついた無数の細胞で水を吸い込み、栄養を濾過し、水を吐き出し。内臓も神経もなく。壺状、扇状、杯状、のかたちで。あらゆる海や淡水に生きて。しかし、「海綿」になれとアランは言うわけではなく。固くなる心と、海綿になる心の「わ／サイクル」の感知。そこに「幸福論」の所在がと。

《異聞》

不正や不正義、不条理が怒りを招き、機嫌を悪くさせる。その不機嫌を、こころの操作で上機嫌に変えなさい、というのがアランのいう幸福論ではなく。「怒り」を続けることで、「体」をダメにすることへの心遣いをアランは示し。「体」が大事なのだ、「体」が糧なのだと。「丈夫ナカラダヲモチ」(宮沢賢治)と。

「扉」と「暦」

わたしはたずねる。

『存在と時間』の扉の文のことで。扉に「エトムント・フッサールに捧ぐ　尊敬と友情とをこめてバーデン州シュヴァルツヴァルトのトートナウベルクにて　一九二六年四月八日」と。

「一九二六年四月八日」が気になって。すると君は、この日付がフッサールの六十七歳の誕生日で、この日にまだ印刷中だったこの本を献上したんだと「説明」してくれて。そうなんだ。でもわたしが尋ねたかったのは、「一九二六年四月八日」のことだった。君は「一九二六年」と聞いて、頭の中でカレンダーをたどり、時代の見当を付け、さらに、ハイデッガーかフッサールの年譜を見て、この「一九二六年四月八日」が何に当たるのかを調べてみたのではないか。

そういう「操作」ができるのは、君が「こよみ」というものを、よく知っていたからではないか。「一九二六年四月八日」が、フッサールの誕生日である前に、「こよみ」があることについて。「こよみ」という不思議な時間の発明者がいて、その発明品に君はよく通じていて、そこからさらに「フッサールの誕生日」を見つけてきたのではないか。

君のこういう作業の「こよみ」を「時間」とも呼んできたのではないか。でも、そんな庶民の親しむ「こよみ」のようなものを、ハイデッガーは研究したのではないんだ、と君は教えてくれた。そうか、そうなのか。

この扉には、さらに「バーデン州シュヴァルツヴァルトのトートナウベルクにて」とあった。君は、「トートナウベルク」がドイツのハイデッガーの山小屋がある所だ、と。山小屋がある所？　とわたしは聞き返したものだ。なんで君が、そんなドイツの山小屋のあるところが「トートナウベルク」だとわかるのかと。ハイデッガーの山小屋を写真で見たことがある、と君。

でも、そういうことをわたしは尋ねていたわけではない。そもそも「トートナウベルク」を知るには、どうしなければいけないのかについて、たずねていたのだから。

それは簡単なことだ、地図を見ればいいんだよ、と君。そうだね、やはりそうなんだ。君も地図帖を開いて、「トートナウベルク」を探していたんだ。「トートナウベルク」を載せている「地図帖」がなければ、君は「トートナウベルク」を探し当てることはできなかったわけだ。でも君は「トートナウベルク」を探し出すことは簡単だと言った。それがわたしにはとても不思議に見えた。君は、君の前になぜ「地図帖」があるのかを尋ねていないように思えたから。「地図」がなければ「トートナウベルク」なんて意味がない。というか、「地図」がなければ、誰にも「トートナウベルク」なんてわかりようがない。

「こよみ」と「地図」。もしも「そこ」に「時間」と「存在」の根拠があるのだとしたら。もし、『存在と時間』が「地図」と「こよみ」に関わることを問うているのだとしたら。

「草木」がそこに「存在」するためには、「地図」の感覚がどうしてもいるし、「花」が咲く「時間」には「こよみ」の感覚がいるのではないかと、わたしは君にたずねる。

「こころ」が、「意識」が、「存在」するというのは、そういうことでは「説明」できないんだよと君。そもそも、「人」は「草木」とは違う「存在」で、そういう特異な「存在の仕方」をハイデッガーは追求しているんだからと。

そうなんだ。

「こよみ」と「地図」。そこに「存在と時間」の「扉」があると考えてはいけなかったのか。

それにしても、「こよみ」も「地図」も、目的は「先をよむ」ということの「仕掛け」ではなかったのか。ハイデッガーの「投げかけ（投企《とうき》）」は「先まわり」の言い換えではなかったのか。彼が「偉大なる詩人ヘーベル」の『ドイツ暦物語』（鳥影社）を最高度に誉めたたえていたことに驚くべきではなかったのか、と。

「暦」を学び、「暦」に生き、というバーデン地方の詩人。

ハイデッガーはヘーベルの「暦」を「玉手箱」「暦の出現」「家」「家の友」「世界」「住むこと」「方言」と呼び替えて。

＊

「ヘーベルが彼の暦に関する素晴らしい考えについて言っている事柄は、私たちがそれを一語一語熟思するのに、値します」

「玉手箱の蓋が開かれるのは、「世界〈宇宙〉という建物についての一般的諸考察」からであります。〈世界という〉この家の友はまず最初に、「地球と太陽」を目の前に連れてきます。それに続いてしばらくすると月についての考察が現れてきます」

ヘーベルは次のように書きましたとハイデッガー。

「わたし達は草木である――わたし達は、天空に花を咲かせ実を結びうるためには、根をもって大地から生い立たねばならない草木である」

（『野の道・ヘーベル―家の友』高坂正顕、辻村公一訳　理想社）

アナバチとアオムシ——ベルグソンの悩み

わたしはたずねる。

哲学者ベルグソン（新表記はベルクソン）が、なぜ「昆虫」の生態に、大きな驚きを示したのかについて。

アナバチ。親に教わるわけでもなく、アオムシの急所に針を刺し、マヒさせ、その体に卵を産み付け、幼虫の餌にする。

幼虫は、マヒしたアオムシの内蔵を食べ成長し、アオムシはその間も生きている。ベルグソンはそのアナバチの行為が不思議でならなかったことについて。

「かりにアナバチが、長いあいだに、獲物を動けなくするにはどこを刺すべきか、死なさずに麻痺《まひ》させるには脳に対してどんな特殊な処置をほどこすべきかを、暗中摸索によって一つ一つ認識するにいたったとしても、かくも的確な認識のかくも特殊な諸要素が、遺伝によって一つ一つ規則正しく受けつがれたなどと、どうして想定することができよう？」

（ベルグソン『創造的進化』松浪信三郎・高橋允昭訳）

アオムシの生態の隅々まで熟知しているかのようなアナバチの振る舞い。相手のことを学習する機会がないのに、「先験的《せんけん》」に知っていることの不思議さ。

ベルグソンが列挙したことは、人の行為に置きかえれば、異様な、あり得ないことが起こっている、ことになる。ベルグソンは、こうも驚き。

「オオハナムグリの幼虫を襲うツチバチは、ただ一点しか刺さない。しかし、この一点には運動神経節が集中しており、ただ運動神経節があるだけである。他の神経節を刺すと、その幼虫は死んだり腐敗したりするおそれがあるので、それは避けなければいけない」

（ベルグソン『創造的進化』松浪信三郎・高橋允昭訳）

ベルグソンは「虫」を「個体」として見すぎているのではないか。

あらゆる生きものは、親に教わるまでもなく、巣を作り、交尾し、子どもをうみ、餌をとり、群れを作り……。

「個体」ではなく、「異種」とともに「わ体」として、生きているのではないか。

「花」と「虫」が、「虫」と「虫」が、「双子」のように、「わ体」のように。

哲学者ベルグソンは、花の蜜を吸い、花から花粉をつけられる「花と虫」の「わ」に驚かずに、アナバチとアオムシ、ツチバチとオオハナムグリの幼虫の「わ」だけに驚いているのではないか。

体自体が「わ」でありつつ、生きもの同士、他の生きものとのかかわりも「わ」であること。その「わ体」への「先まわり」の行動。個体の孤立した「本能」や「知性」「生命の躍動」などを調べるだけでは、見えてこない次元。

《異聞》

ベルグソンの有名な「直観」。

アナバチがアオムシの急所に針を刺す行為の別の呼び方。

アナバチは「直観」で、瞬時に精密に「急所」を当てる。練習もなく。

「直観」とは、秘められた、長いアナバチとアオムシの「生命糸」。「直観」の中に、緻密に集中される生命糸の「先まわり」の技術が。

今西錦司

わたしはたずねる。

膨大な野外観察を積み重ね、生命史を構想したダーウィン。一方、不思議な人文の文体で、机上の生命史を構想した今西錦司。正当なダーウィン研究者からは、一行も引用されることがないのに、何かしらを言い当てているかのような不気味な「魅力」について。

確かに多くの生きものの種《しゅ》が滅亡して行った。その子孫を残さなかった種《しゅ》のあったことは疑う余地なき事実である。しかし種《しゅ》が個体の身体のようにかならず亡びてしまうものなら、もう今日は地上に生きものの影が認められなくなっているはずであろう。もと一つのものから発展したという意味からいえば、現在生きている植物もアミーバも動物もみな絶対的には同じ時間同じ年代をこの地球上に送ってきたものといわねばならぬ。その意味では皆恐ろしく長命であり、不死とさえいえるであろう。

（今西錦司『生きものの世界』一九四一（三九歳））

「もと一つのもの」に徹底的にこだわる意固地《いこじ》さ。

「もとは一つ」を額面通りに考えるとどうなるのかの実験的思考。

あらゆる生きものが「つながっている」ことを大真面目に考えるとどうなるだろうという思考実験。

植物と動物が。鳥と昆虫が。ウイルスとたんぽぽが、「一つ」という意味の追求。正当なダーウィン研究者は、決してそんな机上の話を言わないし、世界の中でも、そんな極端なことを大真面目に言う人はいないし。

でも、その言い方に感じる「痛快さ」は、いったい何なのだろうと。

同じく生きものといってみたところで、植物もあれば動物もある。動物だってアミーバのような下等なものから猿のように人間に近い、人間に似たものまである。（略）人間に意識作用がある以上は植物にだって同じような意識作用の存在することを肯定しなければならぬというのであったならば、それは取りも直さず私みずからが説き来ったところの主張である、（略）この世界を成り立たせているいろいろなものが、どこまでも異なっていなければならないにもかかわらず、それらはお互いに全然異質なものではなくて、もともと一つのものから生成発展したものであるという点では、それらのものがまたどこまでも似ていなければならないのである。（略）

要するにこの世界を成り立たせているいろいろなものは、すべて一つのものの生成発展したものに他ならないということが、これらのいろいろなものが類縁関係を通じて結ばれているゆえんなのである。

(今西錦司『生きものの世界』)

《異聞》
「もとは一つ」という魅力的な考え方。「もとは一つの地球」と言い換えると、物質と観念の同根説にまで。唯物論の極限に。
しかしもし、「もとは一つ」に見えるものが、「一つ」ではなく「多」でもあり。「はじめに多ありき」でもあり。だから今西はこうも言う。

個体が種《しゅ》の中に含まれているといえるとともに、どの個体の中にも同じように種《しゅ》が含まれている。どの個体からでも種《しゅ》はつくられて行く可能性がある。個体はすなわち種《しゅ》であり種《しゅ》はすなわち個体である。種《しゅ》は個体に対してかならずしも優位を占めるものではない。

(今西錦司『生きものの世界』)


でもし「はじまり」が、「一つ」でも「多」でもなく、「個」でも「種《しゅ》」でもなく、「わ」のように結ばれた「わ体」だったのだとしたら。

多重人格

わたしはたずねる。

「鶴の恩返し」。鶴はなぜ機織《はたおり》娘として現れたのか、と。


子どもはたずねる。

鶴の羽で、着物が織れちゃうの?

母。羽毛のジャケット、あるからね。

虫の翅と鳥の羽、ちがうんだって。

母。翅は「たいら」、羽は「つつ」、だからね。


クリオネの翼足《よくそく》。「海中」のはばたき。

「はね」は、毛から、鞭毛《べんもう》から、鰓《えら》から、鱗《うろこ》から、皮膚から、骨から、チキンから……。

「小さなはね」から「大きなはね」へ。

「羽」の根源に「糸」が。「糸」の根源に「て」が。

「糸」を紡ぐ根源に「織女《おりめ》」が。

「遺伝子組み換え」の起源に、「生命糸の組み換え」が。

「鶴」から「生命糸」の組み換えをへて。「娘」へ。

「娘」から「鶴」へ。


わたしは「束ね」。

わたしは「渡り」。

ある出会いが、わたしの中に「鶴」を。

ある出会いが、わたしの中に「娘」を。

豊かないのちの「わ」の「束」。人格の「束」。

わたしの日々。人格の「束」を「劇的なもの」で「渡る」。

《**異聞**》
なぜ海中から「羽」を。
「浮遊《ふゆう》」と「固着《こちゃく》」。

「翼」と「足」。

「海中」から「地上」へ。

「上」と「下」。「天」と「地」。「上昇」と「下降」。


「鶴（上昇）」と「娘（下降）」。

その間の「織女」。

「鶴のあや」と、「娘のあや」を織り。


わたしの中に「鶴」が。羽ばたく「鶴」が。

わたしの中に「娘」が。地上を歩く「娘」が。

「鶴」から「娘」へ。「娘」から「鶴」へ。

私の中の「鶴」と「娘」。


古代からの「野獣と美女」の二重人格の物語が。


「鶴」の中の「娘」、「娘」の中の「鶴」。

「同一性（アイデンティティ）」の幻影。「不同一」の豊かさ。

「同一性解離」「多重人格」の潤い。

「ファウスト」であり「メフィストフェレス」であり。

「スーパーマン」であり「クラーク・ケント」であり。

「月光仮面」であり「祝十郎《いわい》」であり。

「仮面ライダー」であり「本郷猛《ほんごうたけし》」であり。

「野獣」であり「美女」であり。

変身。メタモルフォーゼ。蘇り。敗者復活。「劇的なもの」。

「神」であり「魔」であり。「天使」であり「怪獣」であり。

「保守」であり「革新」であり。「織女」であり「娼婦」であり。

「善」であり、「悪」であり。

男と女について

わたしはふたたびたずねる。


男が女のように、女が男のように、生きることがあるとして、それは男が女の、女が男の「真似」をしているのか、「擬態」している、のか、と。

もし生きもののオスとメスが、もともと別々なものではなく、あるときオスとメスに、便宜上分けて生きるほうが良い時代があって、そのほうが、生存上有利なことがたくさんあって。

でも、危機的な時代が来たときに、オスたちはメスに、メスたちはオスに、なることもあって。

でもそれは「真似」や「擬態」ではなくて、もともとオスでもメスでもあったときへの「立ち返り」であり「選び直し」であり、危機に立ち向かう姿であり。


現代。何かしらの大きな危機の時代に。

かつて「倫理」として蒔かれてきた「男」の種と「女」の種の「物語」のゆらぎ。

「男」と「女」に分けていては、乗り切れない感性の広がり。

マツコ・デラックスの奮闘。

優れた男は女の種《たね》を、優れた女は男の種《たね》を、共に発芽させはじめ。「有性」生殖と「無性」生殖の、危機の時代の新たな展開が。

傷口の治り

わたしはたずねる。

わたしの切り傷がどうやって治るのかについて。

皮膚が切れ、出血し。止血のため血小板が集まり、傷口から透明な液が。

白血球、傷で死滅した組織や細菌を除去。コラーゲンを生成する細胞（線維芽《せんいが》細胞）が集まり、傷口を接着。そして表皮細胞が集まり、傷口をふさぐ、という「説明」。

それでも、なぜ皮膚が切れると、たくさんな細胞が、傷口を塞ぐために活躍するのか。まるで、体が「一枚」の皮膚で包まれていて、いつも「一枚」で「いる」ように動いていて。

「一枚」で「包まれている」とはどういうことなのか。「一枚」であろうとしなければ、「包み」はほころび、開いてしまう。「包み」のほころび。アメーバですら、「包み」を守り、動いていて。

傷口。消毒液、塗り薬、で、手当てしないで、自然の治癒に委ねて、といわれ。傷口に出てくる透明な滲出液《しんしゅつえき》。細胞培養液が含まれ、自然に傷口を塞《ふさ》ぎ再生してくれるからと。皮膚という「包み」の仕組み。その皮膚そのものが体の最先端の「みさき」の「防人」になっていることについて、知らないことが多すぎることについて。

《異聞》

生きものが「ひとつ」の「包み」であること。「ひとつ」が、「千手」でできていること。両手で水をすくい、丸く閉じ。水が漏れる。そこに力を込めて、水漏れを防ぐ。その込める力、それは手の力なのか、それとも、「ゆびの力」なのか。それとも、「ゆび」を作る「手の力」なのか。水漏れを、つねに、瞬時に、確実に、防ぐ先守《さきもり》としての防人《さきもり》の手の力。

「理解」のふぞろい

わたしはたずねる。

わたしの「理解」が、いつもまだらで、かたより、こだわり、ふぞろいであることについて。

「理解」が「束ね」であること。


「興味」の「わ」の大きさと、小ささ。太さと細さ。

「興味」の発芽時期も別々で。

「興味」の「束」のそろえにくさ。


鳥と魚とエビの寓話。三匹がそろって荷物を運ぶ荷車を引き受けた。でも荷物は動かない。鳥は空へ向け、魚は水の中へ、エビは後ずさりし、荷を引いていたから。

（『クルイロフ寓話集』岩波文庫）


まるで「わたし」のような。わたしの「たちどまり」。

「わたし」のそろえにくさのような。


「理解」と「興味」は、「そろわない」。

それでも、「ふぞろい」はとがめられ、「そろえる」ことが求められ。

国語、算数、理科、社会、英語、音楽、体育、家庭……。

百科全書ふうに学ぶことが求められ。

「そろわない」人。「学習障害」「ＡＤＨＤ（注意欠如、多動性障害）」、「知的障害」「発達障害」「自閉スペクトラム症」「広汎《こうはん》性発達障害」「知覚過敏」「肢体不自由」などなどの「障害」名がつけられ。


「理解」の「そろえ」の幻想。

「束ねられたもの」は、「そろわない」。

「そる」もの。「そりかえる」もの。

「飛び出し」「でこぼこ」になり。

「切りそろえ」なくては。

《異聞》
生体は「器官のふぞろい」。
視覚、聴覚、味覚、嗅覚、触覚……。
心臓、肺、脳、胃、腸、血液……。
この「ふぞろい」が、なぜ「ひとつ」の「わ」として動いているのか。

この「ふぞろい」が「わ」になる次元。

「生」とよばれ、「生きている」と呼ばれ。

石牟礼道子は「たましい」と呼び、わたしは「千手」と呼び。


その「千手」で育てられる次元と、「障害」名で、わが子や自分を見てしまう次元を、混同してしまうことについて。

記憶と包帯

わたしはたずねる。

地球に似たかたちの生きもの、手鞠《てまり》。

その手鞠に巻かれた包帯について。


手鞠に包帯を巻く。手鞠の中身がはみださないように。


一重、二重　三重……千重、万重……、おそらく手鞠が生まれた時からの傷の手当てに。

傷口がないのなら包帯もいらない。

包帯は無数の傷口の記憶。

記憶とは、そもそも包帯のことなのだ。


記憶をたどるとは、包帯をたどること。

記憶は、直線のように真っ直ぐ過去に伸びているものではない。

包帯として、ぐるぐる巻かれて、ここにある。

包帯をとることはできない。私の人生の傷口を保護し続けてきたものだから。

包帯は、地球の周期に添って巻かれ、暦と共にあり。私の記憶は、私のケア、私が手当てされてきたものの歴史。

記憶をたどれば、過去に行くのではなく、ぐるりと回って、現在に至り、未来を見る。

記憶は、過去の傷の手当ての痕、現在の傷の治療、そして未来の傷の予兆や予期。

記憶を、過去のものと考えてはいけない。

記憶は、わたしの過去・現在・未来を循環し、ケアし、挑戦させるかたちそのものなのだから。

疼《うず》く傷、甦《よみがえ》る傷、いやはや、治癒された傷に触れていいのか、それとも治癒されていないのか。

記憶は、すべて保存されている、と言ったのはベルクソン。

記憶は、「脳」とは別なところにある、と言ったのもベルクソン。


彼は全く正しかった。

記憶は包帯なのだから。ぐるぐると何重にも巻かれた包帯なのだから。

記憶と想起について

わたしはたずねる。

生きものの記憶。サケが生まれた川の匂いの記憶をたどることについて。

植物の、葉を食べられる「外傷《がいしょう》記憶」が、葉に有毒の成分を増幅させることについて。

生きるための記憶と防衛について。

わたしはたずねる。

一枚の写真が過去のイントロになることについて。

「写真」のようなもの。それを見なければ、決して思い出さないものがあることについて。

なぜわたしは、あれを思い出し、あれらを思い出さないのか。

あんな大事なことを、なぜわたしは思い出さないのか。なぜ思い出さずにいられるのか。
あれも大事だし、これも大事なことではなかったのか。

なぜわたしは、あのことを折りに付け思い出してしまうのか。思い出しては、恥ずかしくなり、情けなくなり、謝りたくなり、でも、そういうことしかできなかったことについて。

そんなこと、忘れてしまいなさいよ、と。
それだけは、絶対に忘れてはいけませんよ、と。

ときどき思い出すだけなのに、いつも思い出しているかのようなふりをするひとと。

「過去」は変えられない、と。ほんとうなの。

三分間の自己紹介。三分間に選びだされた「過去」。ほんとうの話だけれど、ほんとうではない自分。短すぎる。
一日あれば、一年あれば、わたしはほんとうのことが語れるか。

「わたしの過去」とは、「わたしが選び出した過去」。わたしの選び出し方を変えれば、わたしの過去はちがったものになり。
「過去」は、わたしの選び方、束ね方。

それはしかし、わたしの中の「記憶が組み換えられる」、ということであって、わたしの「してきたこと」が、書き換えられるということではなくて。

過去を変えようとする「アイヒマン」と、わたしの中の見えない「あいひまん」と。
許し、赦され、に持ち込みたい心情と、過去を無かったことにできない実情と。

わたしは、記憶のことなのか。わたしは、思い出されたことなのか。

「言葉」という記憶術の海の中で。

《異聞1》

ギリシア神話。クレタ王の娘。怪物退治に迷宮へ入るテセウスに、帰還《きかん》のための糸を与えた。のち、困難な状況を抜ける道しるべ。「アリアドネの糸」と。

「怪物ミノタウルス」。おそらく「世界記憶」のこと。膨大に蓄積され、張り巡らされた「あらゆる記憶」の集積網。いったん踏み込むと、果てしがなく。「ここ」へ戻ってこられなくなる。

「アリアドネの糸」。「日常記憶」への連れ戻し。「ここ」に戻る道しるべ。「ここ（衣食住）」への。

「世界記憶」。あらゆる過去は残っていて。説明や解析や記録や、追求や究明を待ち望む。

わたしの「て」が幕末の江戸時代へ伸びる。わたしの記憶ではない記憶。知識の記憶。本当かどうかわからない記憶へ。その間、わたしは「ここ」にいることを失念し。

しかしわたしはふと我に返る。わたしがふだん生きている「日常記憶」へ。

わたしの「日常記憶」もゆるむときが。

「束ね」があれば、「束ね」の「解き」も。

物忘れ、健忘症、認知症、解離…結び目が、無慈悲にゆるみ、ほどけてゆき。

《異聞2》

見聞きしたものすべてが「記憶」にならず、一日のすべてが「記憶」されるわけでなく。

「出会い」だけが「あや」として結ばれ、「記憶」になり。

わが身に関わる出来事、事件、犯行、事故、受難、震災など、強烈な「出会い」だけが、「あや」として残り。

「あや」の強弱。つらい「あや」と、「傷」になる「あや」と。

いつまでも癒やされない「苦」の「あや」と。

記憶といい、記録といい、想起といい、思い出といい、心の傷（トラウマ）といい、集団の記憶といい。

うろ覚えの記憶、間違った記憶、捏造《ねつぞう》された記憶、事実を求める記憶、発掘される記憶、……。

そして、人の記憶と、生きものたちの記憶と。


「記念日」にすること。「記念日」だけに思い出すこと。

戦争のこと、震災のこと、事件のこと、あの日のこと、あなたとわたししか知らないこと……。

時代のできごと、国家のできごと、大自然のできごと、会社のできごと、友人のできごと、家族のできごと、親族のできごと……物語のできごと、映画のできごと。

遠くのできごと、近くのできごと。巨大なできごと、ささいなできごと。

「この味がいいねと君が言ったから、七月六日はサラダ記念日」


♪ちょっと前なら覚えちゃいるが、一年前だとちと分からねえな♪

古い記憶と新しい記憶。

切実な記憶とどうでもいい記憶。

記憶と残すことと。

摂食障害

わたしはたずねる。

思春期。自分の「からだ」に「出会う」瞬間があることについて。

容姿、体型、体重、運動能力、病の症状、性的な嗜《し》好《こう》……。

「こころ」の「修復」を、「からだ」でできることを知ってしまう、とき。

向こう側に強力な「否定者」が居て、「こころ」が自由にならないことが起こり。

そのとき、ふと、こちら側に、自分の自由にできるものが見つかる。自分の「からだ」との出会い。わたしが自由に「変形させうるからだ」の発見。食べては吐き、で、体重のコントロールができるじゃない！　特異なスポーツの、特異なアスリートの芽ばえ。

「否定者」に向かい合う「変形競技のアスリート」の誕生。

それは、しかし、拒食、過食、自傷、アルコール依存、薬物摂取、プチ整形、への道。自己嫌悪への道。

「否定者」の強力な存在の仕方。近寄れず反論が許されず、服従と従順、いいなりとへつらい、押し殺しと耐え忍びと屈辱と、ありとあらゆるマイナスの津波が。

「否定者」には、スキが無く、柔らかさがなく、もたれかかりができず、岩のように堅固で、威圧的で、かたくなで、許しがなく……変化がなく、つねに「不動の同一性」が感じられて。

しかしその「同一性」は自分にもあって。

「同一性」ではなく「変化」を、「変成」を、「変形」を求めているにもかかわらず。

こうして、つりあいを求める葛藤と闘いがはじまる。「からだの変形」の発見は、いつしか、「からだの変形」へのこだわりや、とらわれへ。癖や嗜癖《しへき》に。「否定者」が現れなくても、「否定」するものへの日常的な感知へ。

かつては「否定者」への立ち向かいとして発見された「変形競技アスリート」。いつのまにか、こだわりや強迫になり、止められなくなり……。いつのまにか熟練のアスリートに。

「否定者」への批判の目覚めが、「変形者」の目覚めに。その上達する「変形者」が今度は嫌悪に、苦しみに。

道はあるのだろうか。「苦しみ」の打開の道は。わたしの外の「否定者」とわたしの中の「変形者」。

「否定者」と「変形者」の、長い気持ちの悪い葛藤。

「不変者」と「変形者」の、長い対話のはじまり。


治療。「不変者」はいつも「不変」であるわけでなく、「否定者」は、いつも「否定」しているわけでなく。すべてが「変形」して動いていて。

その動き。宇宙のすべてが動いていて、変形していることを、どこかで、とことん実感する練習が。

君臨する否定者と不変者の批判とともに、わたしのなかの「不変」と「不動」を打ち砕く訓練が。

わたしの「柔らかさ」へ。

軟体の生きものの方へ。

モーツァルトの手

わたしはたずねる。

モーツァルトの「四手のためのピアノ・ソナタ」の奇妙なタイトルについて。


「ふたりで」でもなく、「連弾」でもなく。「四手」の、「二十の指」が、もうれつな勢いで、鍵盤《けんばん》をたたく。二十の指で？

ところで「鍵盤」って何？　「たたく」って何をしているの？


キングコングがマンハッタンのビルの上で胸をたたく。

コオロギが、左右の前ばねをこすって鳴いている。

たたいたり、こすったり……。


きっと、「弓なり」にするからだと、それを「はじく」者がいて。

からだを「弓なり」にするものと、それを「はじく」根源の手と。

モーツァルトの美しい手と指。

でも、手と指がピアノを弾くわけではなく。

やわらかく、しなやかに、モーツァルトの全身を「弓なり」にするものがいて。

その「ムチのようなからだ」が、「弓なり」になった「鍵盤」をはじき。

津波のように押し寄せる「弓なり」の群れに、サーファーのように波に乗り、波をはじき……。


モーツァルトの、おしゃべりの、よくうごく口元と手元。

「弓なり」になった口腔に、「弓なり」になった舌が、たたいたり、こすったり、無数の音、無類の音をはじき出し。おしゃべりな「口元」に。


気がつくと、手元がおなじように「弓なり」になった全身をはじき、至高の音を出して……。

でも、人々はそれを「ことば」とはいわず、「音楽」と呼び、心に響かせてきた。


しなやかな「糸」のような、やわらかな「弓」のような、そんなからだになるもの同士が共鳴し合う不思議な世界があって。

「ことば」のような「音楽」と、「音楽」のような「ことば」が、そのやわらかさの波の中だけに響き合い。

モーツァルトの「弓なり」になったからだの、美しい手と指と腕からの贈り物が。

死について

わたしはたずねる。

パチンとたたく手のひらの中の、糸くずのようになった虫について。

「死」と呼んでいいものが、ある生きもの、ある水準以上の生きもの、交流できる生きものに限定されることについて。

巨樹、ペット、人形、家、伝統……の「死」と。

でも、シャーレの中にいつまでも生き続けるアメーバが、「不死のこびと」(フリッシュ『あなたの生物学』)といいあらわされることもあり。

牡丹《ぼたん》散《ちり》て打かさなりぬ二三片　(蕪村)

散ってなお美しいものがあるのか、と思い。

大晦日《おおみそか》。小雨の中、自転車の転倒。頭部強打。骨の陥没。顔面の大量出血。緊急の手術。

痛みへの恐怖。なぜ「痛み」があるのか。

「死」のまえぶれ、予感、先まわり。

恐怖という「小さな死」。子どもたちの好きなジェットコースターの恐怖。安全に「小さな死」を味わい。たくさんなおそれとおののき。「先まわりの死」の静かな予行演習。


職場。結んでいた関係の、切れ。怒り。歯ぎしり。尿路結石。ぶちぶちの、きれぎれの、体内に溜め込まれる、死。

しかし「丘のある歌謡曲」があり。

「今日も暮れゆく異国の丘に♪」

「松風騒ぐ丘の上♪」

職場の中の死と、鼻歌の中で甦る、三分間の死と再生のひととき。

切れた糸の、わずかの結び目の、「ほころび」の修復の。

日々の、「無数の視えない死」と「静かな再生の儀式」と。


朝の三時、集中治療室。眠る母と向かい合う。手を握り、久しぶりにいろいろ話しかける。六時四五分、二息か三息か、息の苦しそうな表情をしたがそのままスーと逝《い》ってしまう。生前にもっと話ができればよかった……。

……。

握る手は温かい。いつまでも温かい。

「まだ、温かい」

しだいに温かみが薄れる。

「冷たくなってきた……」

何かが燃えていたのか。


「て」を合わす。

「て」を。

なぜ「て」を。

Ⅳ 「こっか」篇

「古代道」について

わたしはどうしたら気づけるのだろうか。

古代道の大きさと長さとその意味について。


奈良から筑前国《ちくぜん》、太宰府《だざいふ》まで。

奈良から武蔵国《むさし》、陸奥国《むつ》、多賀城《たがじょう》へ。


中国の律令制、道路制度をモデルにと。

駅、駅路、駅馬《えきば》、伝馬《てんま》。人馬を走らせる道路の整備。

「日本」中が「道路網」でつながれ、人馬が、地方の産物を、貢ぎ物を、年貢を、中央に。

「血液」の道のように、「中央の手」で、古代道が網の目に張られて。


発掘される道路幅。ローマ道より広い幅十メートルに。延々と直線的路線が計画的に整備され。

防人の派遣と、物資の輸送と、外国使節の来朝《らいちょう》と。

国、郡、郷をむすぶもの。


五畿七道。

畿内、東海道、東山道　北陸道、山陰道、山陽道、南海道、西海道……。


律令国家の道の下に、弥生の道があり、縄文の道があり、陸上の道と海上の道があり。

「くに」の情報の伝達網。道がなければ。道と道を結ぶ「て」がなければ。


そもそも、道は延びる。「て」は伸びる。

そしてできた古代道。「地図」に。

いったい誰の頭に「道」が「地図」として。「日本の地図」として。「国境」として、見えていたのか。

そして、「道」がなければ「地図」も「国境」も生まれなかったことについて。

「地図」という「あや」。見えない「て」で「あやとり」をするもの。


それにしても、重機もなく、幅十メートル、わずか一キロメートルの平らな道を作るだけでも、どれだけの命令力と労働力と日数がいったのか、想像もできない……。

「鉄」、この「防人」

わたしはどうしたら気づけるのだろうか。

地球の重量の三分の一が鉄で、それが地磁気のバリアを発生させ、太陽風から地球を守っていることについて。

さらに鉄が酸素とむすびつき、生きもののからだに「血」として張り巡らされたことについて。

地球と、生きものの、「はじまり」に、「鉄」があることについて。

古事記の「くに」のはじまり。「天沼矛《あめのぬぼこ》」でカラカラとかき混ぜ、したたる「塩」が島に、「おのごろしま」に、と。

「くに」の生まれる前に「矛《ほこ》」があり。

「くに」が、矛の先にしたたる「塩／血」から生まれたと。

「あわじしま（淡島）」から「いよのふたなのしま（四国）」「つくしのしま（九州）」、「おおやまととよあきづしま（本州）」などの八つのしまを生み、「おおやしま」と名づけられ。「くに」が「からだ」として。

それが「鉄」のからだとして。

石器から鉄器へ。弥生時代、吉野ヶ里遺跡。二百点以上の鉄器・鉄製品の出土。農具と武器、食糧増産と優位の戦闘と。

鉄のシルクロード。ヒッタイトから、バーミアン、楼蘭《ろうらん》、敦煌《とんこう》、西安、山東半島、カヤ、北九州。それから海の道へ。

北九州から、出雲、北陸の、日本海ルート。

北九州から、薩摩、関東、東北の。太平洋ルートへ。

「鉄」で武装するくにぐにへ。

製鉄の技術。「野たたら」から「たたら」へ。「高炉」へ。

砂鉄、鉄鉱石を溶かす高温の火の創出。

溶かし、区切り、叩き、自在に変形させ……。

「手」にもてるように。「からだ」に装着できるように。

ヤリと刀と甲冑と。

「鉄人」の出現。

「鉄人」に支配される「奴隷」の出現。

「くに」を支える「動力源」としての「奴隷」。

地球を「鉄／磁力」のバリアが守り、
生命を「鉄／血」が守り、
「ひと」を「鉄／武具」が守り、
「鉄」で守られた「ひと」を「奴隷」が守り。

明治。「鉄」は「国家」なり、へ。

「大鉄人」のつくる「国」に。

鉄砲、大砲、戦車、軍艦、戦闘機、ミサイル、そして、最高温の火（核兵器）と宇宙衛星へ。


「くに」の繁栄。蒸気機関と紡績機械、電気と発電機。鉄道と線路と鉄橋。鉱山発掘と土木建築。高層建築物と大洋を渡る船舶。

「鉄の道」「鉄の交通網」から「情報の網」へ。

「鉄人」の繁栄し支配する「くに」から、「奴隷」はますます必要になる時代に。

「鉄人」だけが見える「地図」と、「奴隷」には見えなくさせられている「地図」の中で。

ぼくは誰と戦っているんだ

わたしはどうしたら気づけるのだろうか。

防人《さきもり》は何を守っているのかについて。

防人《さきもり》の「さき」とは、何だったのかについて。

からだの「先守《さきもり》」と、くにの「防人《さきもり》」と、その「さき」の「先まわり」の違いについて。


命令される「防人《さきもり》」たち。

「くに」という「みんな」を守るために。

「くに」という名の元の「一部分」を守るために。

《異聞》

竜と織姫。鉄と織物。

竜が鉄に、鉄が武器に、武器が文明に。

織姫は糸を。糸が生きもののからだを包み、ひとの着物に。

そして、鉄が、いつの間にか、鉄の着物に。モビルスーツに。


「ぼくは誰と戦っているんだ」（ガンダム）

遣唐使と地図

わたしはどうしたら気づけるのだろうか。

なにを手がかりにわたしは「日本」を理解しているのかについて。

「日本」と聞かれて思い描ける「日本の地図」について。

そういうものが、いつどのように作られていったのかについて。


「日本」での最古の地図。

奈良時代、大化二年（六四六）。「東大寺領荘園の開発状況を描いた図」。正倉院宝庫に収蔵。という教科書の記述。

そんな地図が正倉院に残っているなんて。

そんな地図しか正倉院に残っていないなんて。

六〇七年、遣隋使として小野妹子《おののいもこ》派遣。

すでに、卑弥呼の時代から、朝鮮、中国の位置はわかっていて。

なのに地図が残っていないなんて。

遣唐使
北路。難波津《なにわのつ》から太宰府《だざいふ》へ。そして新羅《しらぎ》へ。登州《とうしゅう》をへて、洛陽《らくよう》、そして長安へ。
南路。難波津から太宰府へ。そして蘇州《そしゅう》、揚州《ようしゅう》。そして洛陽、長安へ。

二〇〇年間、二十数度の遣唐使の派遣。
海路と陸路。文献にはたどった地名が記されて。
なのに地図が残っていない。
小野石根《おののいわね》。六月乗船。七月揚州着。翌年一月、長安着。六カ月の往路。
翌年四月。長安出発。九月揚子江の港。風を待つ。
東北の風吹く。東シナ海へ。暴風雨。
石根と遣唐使六十三人海中に。
なのに地図が残されていなくて。

「地図」は秘密だったのか。
わざと破棄されたのか。
倭国から、朝鮮、中国はどう見えていたのか。
中国、朝鮮から倭国はどう見えていたのか。
なのに、地名と人数と船数と荷物しか残されていなくて。

卑弥呼から奈良時代、すでにアジアの地理は見えている。
「倭」が東の島国で、巨大な中国とは比べものにならないこと。
「地理」はわかっていたのに、「地図」にはしなかったのか。できなかったのか。

日本がはじめて中国と正面から渡り合った時代。
鳥のように、古代の優れた人々は、「高み」から見る「道」を知っていて。
当時の「世界地図」を使いこなした時代。
多くの犠牲を出しながら、暴風雨と闘いながら。
それでも、鳥のように風の道を読み、
奈良から長安まで見渡せる「高み」に登っていた時代。

遣唐使。二〇〇年間。
二十数度の派遣。
総人数六〇〇名の内四〇パーセントの遭難。
予見できない海の暴風雨。
予期できない中国の政治不安。
それでも欲しい「宝物」。
国を治める律令の文化。

飢える民を富める文化に。

民を、国を、世界を、見渡す「高み」へ昇る技術を。

中国からあらゆる先端技術を持ち帰った遣隋使、遣唐使。

「ジャックと豆のつる」について

わたしはどうしたら気づけるのだろうか。

なぜ「ジャックと豆の木」でなく、「ジャックと豆のくき」でもなく、「ジャックと豆のつる」なのか、について。

「木」ではなく、「つる」ではなく、「くき」と訳すべきなのだと言う人がいても、絵本の「豆」が「つる」になる意味について。

ダーウィン。「よじのぼり植物」が、「茎」でよじのぼるもの、「葉の先端」でよじのぼるもの、「まきひげ」でよじのぼるもの、に分類はできても、どれも大本《おおもと》では「らせん」の動きではないのかと（『よじのぼり植物』）。

それにしても、ジャックのまいた豆は、「支柱」もないのに、どうやって倒れずに天空へねじりながら上ってゆけたのか。

それにしても、この話は「豆」の話だったのか。「種」の話だったのか。くるくるとよじ登る「て」のような「つる」の話だったのか。それとも「上へ登る」話と「下へ降る」話だったのか。それとも「天上」の巨人の話だったのか。「天空」と「大地」の「わ（サイクル）」を生きる生命糸の話だったはずが……。

《異聞》

北欧神話、ユグドラシル（宇宙樹）との比較。そうかもしれない。が、イギリス（大英帝国）と植民地との関係の話、のほうが似ている。

イギリスの触手（つる）がどこまでも伸び、素朴だが「人食い人種」とされる未開の民族に出会い、そこからだましだまし「資源」を盗み取り、祖国イギリスへもちかえり、裕福になり。追っかけてくる

「食人種」は、「つる」を断ち切られ、「イギリス」に盗み取られたものを取り戻す前に殺される。

ジャックはとび下りるなりおのをつかんで、エイッとばかりに豆の木に切りつけました。木はぷっつり切れ、人食い鬼はドスーンとおちて頭を割り、その上に豆のつるがおっかぶさりました。ジャックはおっかさんに黄金のハープを見せ、それからそれを見せ物にしたり、黄金の卵を売ったりして、ジャックはたいへんなお金をもうけ、美しいお姫さまをお嫁にもらって、おっかさんともども、いつまでもしあわせに暮らしましたとさ。
（「ジャックと豆の木」『新編　世界むかし話集1　イギリス編』山室静訳　社会思想社）

ヤコブの泉

わたしは「泉」について考える。「ヤコブの泉」について。

正午。ヤコブの泉に立ち寄るイエス。水汲みに来たサマリア人の女に「一杯の水をください」と。「どうして私に頼むんですか。あなたはユダヤ人、わたしはサマリア人」。「あなたに、生きている水を与えられると思って……」。「何をいってるんです。あなたは汲《く》み桶《おけ》もっていないし、この井戸はとても深い。どこからそんな〈生きている水〉とやらを手に入れるんですか」。「この泉の水を飲むものは誰でもまた渇く。しかしわたしの与える水を飲むものは永遠に渇かない」（ヨハネ4―6）

「いのちの水」があるのか、それとも「水がいのち」なのか。

盛夏のニュース。

炎天下。下校時の喉の渇く子どもたち。冷やした水を、小学生にだけタダで用意してくれている食堂。冷たい水を……どうぞ。

胎児の体の九〇％が、子どもの体の七〇％が、成人の体の六〇％が、老人の体の五〇％が、水……。水の惑星。地球の七〇％が水……。

水ごときものが。あんな無味無臭なものが。

顔を洗って出直して……。顔を、洗って……水道をひねって……。

一日最低二リットルを。ペットボトル四本分を。

食べなくても一カ月は生きられる、でも、水なしじゃ、まあ五日が限界かな、なんて。

血液をさらさらに。

幼稚園の昼下がり。どろんこあそび。山を造り、川を造り、バケツで水を運び、天地創造。お花にも水をやってね。

チャイムが鳴り、おててを洗ったら、おしっこにいくのよ。

おしっこに……。


中国のことわざ。「飲水不忘掘井人（水を飲むときには井戸を掘った人を忘れない）」


水の管理。生ける水の管理。

大農場に散布される水のため干上がる地下水。砂漠化する農地。水源地を他国に買い取られる国々。水を狙う国家の出現。

水の奪い合いがはじまる時代へ。

「コロラ」（二〇二〇年の「ゴジラ」）

わたしはどうしたら気づけるのだろうか。

二〇二〇年。「にほん」に上陸した古き生きもの。

不思議な生命体について。その不気味でしたたかな生き方について。

あらゆる過酷な地球史を潜り抜けてきた古き生きもの。

目には見えず、あまりにも小さいくせに、巨大な破壊力を。

都会の大繁栄。人びとの慎ましい暮らし、の根幹をゆるがす。

何としても、くい止めねば。

都市封鎖。外出禁止。医療従事者たちの悲鳴。自衛隊の要請。
連日連夜の、感染状況の報道。
政治と経済と医療と暮らしの、かみあわない駆け引き。
「陰」でほくそ笑むものたち。
廃業の連鎖のなか、まかり通る「富むもの」の論理。

O氏　：Y博士、いかにしたら「コロラ」の生命を絶つことができるのか、その対策を伺いたいんです。
Y博士：それは無理です。地球史の大変動の洗礼を受けながらもなおかつ生命を保っている「コロラ」を何をもって抹殺しようというのですか。まずあの不思議な生命力を研究することこそ第一の急務です。
O氏　：そんな悠長《ゆうちょう》なことを。目の前の惨劇が見えないのですか。
Y博士：「コロラ」を殺すことばかり考えて、なぜ地球生命史の立場から研究しようとしないんだ。
O氏　：それは学者の発想ですよ。
Y博士：わたしは気まぐれに言っとるのではないよ。あの「コロラ」は、いま世界中の学者の誰もが見ているものなのに、その「正体」は誰にもまだ見えていないのだ。
O氏　：しかし先生。だからと言ってあの凶暴な怪物をあのままほっておくわけにはいきません。「コロラ」は世界の人びとの上に覆いかぶさっている「人類破壊兵器」のようなものではありませんか。
Y博士：しかし何十億年の「生命破壊」の洗礼を受けながらなおかつ生きている生命の秘密をなぜ解こうとしないんだ。

（映画「ゴジラ（一九五四年度制作）」の台詞を改変して使わせていただきました。）

Y博士のひとり言。
破壊、破壊というけれど、このおかげで大儲けしている医療組織の収入を、なぜもっと打撃を受けている人びとに還元しようとしないのか。

闇蜘蛛《やみぐも》、シュウ

わたしはどうしたら気づけるのだろうか。

「チュウ（中）」と呼ばれた連合国の、小心者「シュウ（醜）」。この「カン族」の闇蜘蛛《やみぐも》（あだなは「くものプー」）の正体について。若い頃は小さな網を張って縄張りにしていて。それが「8G」という高速集積通信網を手に入れてから、一気に「チュウ」という国をすっかり手中に収めた。

「8G」では、個人のあらゆる情報が瞬時に集めることができた。

かつては、気になる国家反対者がいると、四六時中私服警官を張り付け、四六時中監視する必要があった。でも「8G」の高速集積技術を手に入れてから状況が一変した。シュウは「8G」でネット網をたぐり寄せれば、私服警察の監視など付けなくても、国策反対者の、あらゆる通話記録を一気に手に入れることができるようになった。それも、学童期の通話記録まで。いくら削除されていても復元できる技術も手に入れた。ターゲットになる反体制者の預金高、家族構成、何代にもわたる家系図、健康状態、病歴、かかりつけの病院、服用している薬、職業の中身、給料、友人、知人、恋人や愛人との通話記録、よく聴くミュージシャンの名前、買った本のリスト、検索しただけの本や出来事、ショッピングの中身、旅行の行き先、金銭のやり取り、貯蓄の金額、交通違反の記録、警察に世話になった記録、学校の成績、研究論文の一覧、同人雑誌の掲載一覧、いじめの記録、バイトの中身、初恋の相手、性への関心の傾向……、あらゆる記録があっという間に手に入る。

「シュウ」に敵対する政敵が現れても、その相手の個人情報はものの五分もあれば分厚いファイルに集積され、過去の見せたくない情報を「スキャンダル」としてメディアに横流しすることができる。政敵の信用は一瞬にして消える。政敵には、「シュウ」の個人情報はつかめない。自分だけはつかめないようにしている。闇蜘蛛の統治の確立。

「シュウ」は、日夜を問わず、徹底的に国家に刃向から言葉を検索し、自動的にネットから削除させる。

民主主義、三権分立、自由、平等、差別、格差、一党独裁、個人の権利、革命、階級、マルクス、マルクス主義、全体主義、収容所、宗教、……そういう言葉は瞬時にネットから消される。そういうキーワードを使ったり検索しただけのものでも、リスト化され、国家反対者のファイルに閉じられる。もちろん「くものプー」も検索禁止事項。

何よりも、普通の人々が恐怖したのは、貧困、不幸、苦痛、苦しみ、病み、不満、……そういう言葉を使えないことだった。これは現政治体制に満足していないことの気持ちのあらわしであり、許されない言葉と見なされたから。四苦八苦などという言葉を使おうものならえらいことになる。

さらには量子コンピューターの開発。既存のスーパーコンピューターをはるかにしのぐ高速度計算。スパコンでも何万年と時間がかかる計算を数分でこなし、世界中のあらゆる機密文書、暗号文書を瞬時に解読してしまう。敵対する動きは数秒で見破られ突き止められる。

この小心者闇蜘蛛「シュウ」の手に入れつつある膨大な情報の解析装置。その上に築かれる絶対権力の網の糸を「切る」技術の封印の手口……。

十人の巨万富豪資本家

わたしはどうしたら気づけるのだろうか。

世界人口三十六億人の総資産と、たった六十二人の富裕層の資産が同じだという報告（二〇一六年放映「NHKスペシャル　マネーワールド」）。

なかでも、たった十人の資本家が世界の大半の資産を握っているという報告。税金逃れの「タックスヘブン」の報告。

頭がクラクラし、言いようのない怒りがこみ上げてくる。人々が作り出す富が、あまりにも合法的に「略奪」される実態。真面目に働くことの不条理さと、経済学を真面目に学ぶことの愚かさ。

「ジェフ・ベゾス」「イーロン・マスク」「ベルナール・アルノー」「ビル・ゲイツ」「マーク・ザッカー

バーグ」「ウォーレン・バフェット」「ラリー・エリソン」「ラリー・ペイジ」「セルゲイ・ブリン」「ムケシュ・アンバニ」

名前だけでも列挙しなければ、この悔しさが。

しかし、一つの商品を、全世界人口三十六億人に売ることができれば、その売り上げの合法的な儲けの計り知れなさ。全世界を「市場」にする知恵を働かせた者の、悪魔的なひらめき。

「こっか」の指示通りに動いてきた企業と、「こっか」をとっくの昔に見限ってきた企業と。

その世界企業化した怪物企業家の大儲けを、一般の人びとに還元する理念と筋道と法を、どうして世界の「学者たち」は創ることが出来ていないのか。

「学術会議」のあまりにも学問的すぎる姿のなさけなさについて。

「赤穂《あこう》討ち入り」と「ビンラディン殺害」

わたしはどうしたら気づけるのだろうか。

「物語」になるものの深層について。

十二月十四日、吉良屋敷《きらやしき》討ち入り。毎年のようにテレビにうつされるドラマ。

赤穂《あこう》浪士四十七士、の誰も吉良上野介《きらこうずけのすけ》の顔を見た者がなく、その吉良が屋敷のどこに居るかもわからず、居ることすらわからず。

忠義《ちゅうぎ》。朝方四時。護衛侍一〇〇人相手に、二時間の死闘。「額の傷」を目印に「物置」に隠れる吉良の首を取る。「額の傷」が無かったとしたら……。

五月二日、ビンラディン殺害をホワイトハウスのソファに座って見守る大統領たち。二十名ほどの特殊部隊。殺害の瞬間、会議室から一斉に拍手がわき起こる。四十分の出来事。

そこにビンラディンがいた、と。九・一一事件から十年後。ビンラディンの顔を、暗殺部隊の誰も見たことが無く。深夜十二時。暗視ゴーグルをつけての襲撃。厳重な鉄の扉の破壊。護衛の殺害。三階の寝込みを襲い殺害。ＤＮＡの採取。

二つの殺害事件、ともに芝居にされ映画にされ。かたや、討ち入りし者たちの切腹と、かたや、暗殺部隊の名誉勲章の授与と。

現実の殺害事件であるが、物語化され、喝采を浴びるように、終わり。

のち、「みんなで観る」殺害事件になり。

「物語」は、その「悔しさ」を噛みしめさせ、「正義」の行使を実感させる手段に。

「物語」の中のさまざまな理由付け。

殺害の前に、それを誘発させる理不尽な殺害があり……「公平な裁き」が期待できない「恨み」「悔しさ」「無念さ」。

その「仕返し」「やり返し」「復讐」「正当防衛」……。

そのための情報収集と潜伏調査と偽装される日々と隠密の作戦と。

ドローンの時代へ

わたしはどうしたら気づけるのだろうか。

鉄腕アトムと鉄人28号の「違い」について。

遠隔の操作の意味がわからず、鉄腕アトムのほうをおもしろがっていた子ども時代について。

「日露戦争二〇三高地」の映画を家族で観にいった幼少の頃。雪の中、進軍ラッパを吹く兵士が倒れ、別の兵士が背負う背中でラッパを吹き続け、背負っていた兵士も倒れ、その屍の背中でもラッパを吹き続け。

ああ、なんて恐ろしい光景だ。その場面だけがいつまでもいつまでも記憶に残り続け、血にまみれながら進軍ラッパを吹き続ける兵士の恐ろしさが心底をふるわせて。

場面はモニター室。山岳地帯。山道を走るトラック。

ガムをかみながら男がトラックに焦点を合わす。命令を待つ。許可が下りる。男がボタンを押す。白煙の中に消えるトラック。作戦の終了。

ドローン（無人航空機）での攻撃。「兵士が死ななくてもいい戦争」の時代。

誰も死なないのか。「自国の兵士だけが死ななくてもすむ戦争」の時代。

地球の裏側にいる「敵」を、ガムを噛みながら、目の前に居るかのように狙撃する時代。

ドローン（無人攻撃機）の起源。偵察衛星と情報通信技術の統合に求められる二〇〇〇年頃からとして。

この、上から（上空から）見る目と、横から（等身大の高さ）見る目の、統合させる「技術眼」の創造は、いったい誰の目と言えばいいのか。

自分の体に触れさせないで、相手に触れる技術。

軟体生物の刺胞から発射される毒針と毒液。

「遠隔技術」は太古の昔から、生きものの知恵として創られてきていて。

体から離れたところで獲物を仕留める技術。

棒の先の矢じり、投げやり、弓矢。そして、鉄砲。「敵」から「遠く」に身を置き、安全な位置から大量の敵を撃てるように。

機関銃、大砲。戦闘機、爆撃機、ロケット、ミサイル、核兵器……。

そしてドローン。戦場にすら出て行かない。

モニター室でのボタン操作。

ガムを噛む、鉄人28号の操縦者たち。アトムのようには苦しまない。

まだドローンの攻撃が実用化されていない時期。モニター室のスクリーンに映し出される「コンピューター・グラフィック映像」を「世界視線」と呼ぶ人がいて。

「このばあい視線の場所は、視ている主体ではなくて世界視線で……」「世界視線はいわば、〈死〉から照射される視線であり、」

「世界視線と人間の目の高さの普遍視線とが出会い

……」

（吉本隆明『ハイ・イメージ論Ⅰ』）

と、呪文のような言葉を残して。

「目の高さ」で見るものと、天空の「世界視点」から視るものの違いが分けられ。

でも、鉄人28号の操縦者、金田正太郎《かねだしょうたろう》君は、実は「目の高さ」で操縦していたのではなく、鉄腕アトムのように空高く舞い上がる視点から見下ろしていて。

わたしの中に、すでに静かにスナイパーが座っていて、ガムを噛みながら、モニターを見ているように。

「ベーシックインカムから存在給付《そんざいきゅうふ》へ」

わたしはどうしたら気づけるのだろうか。

「飢え」からの確実な守られ方について。

国民に、似て非なるものの、ふたつの提案。

ひとつ。「ベーシックインカム（基本所得保障）」を。

もうひとつ。「存在給付」を。

ベーシックインカム。国民全員に、生活に不可欠な基本的現金支給の制度化を、と。でも、支給された現金が、数日で賭け事、遊行費に消えるという批判。貯金されるだけという批判。無理もない。ベーシックインカムは「貨幣」の給付なのだから。何に使おうが、とやかくいわれることではない。

「貨幣」の給付の限界と課題と。

存在給付《そんざいきゅうふ》。「貨幣」ではなく衣食住の直接の支えの制度。地域生産物給付と一体の制度。農業、漁業、林業、商業、工業、などの地方の生産物の活性化を支える政策との一体の制度。

「貨幣」だけではなく、「生産物」の給付を。

「飢える人」を皆無にするために。

「地域」の「生産物」と流通機構の見直し。

戦時中の現物支給なるイメージとは違う発想で。

ひとりが生きるために必要な衣食住の見積もり。

日本の深刻な「貧困層」を確実に支えられる施策。

「一日玄米4合と味噌と少しの野菜を食べ」（宮沢賢治）

ではなく、新しい時代の見積もりを。

「一日、米とパンと、野菜と魚と肉と調味料と……」

地域の特色、生産物を生かし、地域の自治体が、地域固有の「一人あたりの基本食糧内容」をモデルとして決め。

それを「地域通貨」「地域カード」で。

その地域の生産物との、「交換通貨・カード」の支給。存在給付。

そのカードは現金にはできない。地域の「生産物」との交換のためにだけ。

米、パン、野菜、くだもの、肉、魚、惣菜、菓子……。

その「地方通貨・カード」の代金は「国」と「自治体」の「財源」から支給。

地域は別の地域との連携を。

地方の生産者は、天候の不順、自然災害の被害などで、生産不振、生産過剰になっても、別の地域との連携で、融通し合い、存在給付の調達は絶対に欠かさない。


存在給付は「質素に」ということではなく。

余ったものを分ける、施すというのではなく。

食品ロス対策でもなく。

安全で安価でおいしい食物の最前線を給付する、という豊かな発想。

衣食住を見直すという生活スタイルの実践としての存在給付。

ファッションと調理と住まいの伝統を伝える、ということ。

外国人労働者にも存在給付は適応されるということ。

自由について

わたしはどうしたら気づけるのだろうか。

コロナ禍、まだら認知症の父、四日間、おあずかり入院。「このベッドから出てはいけませんよ」、きつめの声の看護師さん。二日目に、父がぽつんと「ここはかなんわ」と。その日の夕方、家に連れて帰った。ほんとうに畳一畳のベッドから出て歩くことの許されない暮らし。

「自由（フリーダム）」という言葉によって連想されるあらゆる特殊な自由（リバティ）のなかで、歴史的に最も古くまた基本的なものは運動の自由です。望む所に向けて出発できるということは自由であることの原型であり、それゆえに有史以来運動の自由を制限することは奴隷化のための前提条件となってきています。（ハンナ・アレント『暗い時代の人々』阿倍齊訳）

自分に許す自由と、ひとには許さない自由と。

自由と呼ぶ身勝手な自由。


修学旅行。ホテルの朝食のバイキング。和食でも洋食でも、自由に選べるので好きと。

期末試験になると、本を読む自由な時間、音楽を聴く自由な時間が、もっと欲しいと。

いつまでもゲームのできる時間があればいいのにと。


自由とは、所詮、奴隷の思想ではないか。自由によつて、ひとはけつして幸福になりえない。自由といふやうなものが、ひとたび人の心を領するやうになると、かれは際限もなくその道を歩みはじめる。方向は二つある。内に向ふものと、外に向ふものと。自由を内に求めれば、かれは孤独になる。それを外に求めれば、特権階級への昇格を目ざさざるをえない。だから奴隷の思想だといふのだ。奴隷は孤独であるか、特権の奪取をもくろむか、つねにその二つのうち、いづれかの道を選ぶ。

（福田恆存『日本への遺言』）


アレントも福田恆存も、「奴隷」を持ち出して「自由」を語る。

わたしにとっての自由とは……。

音信不通だった友から、「便り」が。心ないわたしの一言のために、と悔やんでいた友からの便り。

あれからまた、「やりとり」できる日々が。

「相互性」！

この「相互性」のあることだけが「自由」の定義なのだと。

種子《しゅし》法廃止と種苗《しゅびょう》法改正

わたしはどうしたら気づけるのだろうか。

わたしが「朝」食べたものを、きちんと言えないことについて。

古代の主要食物。稲、麦、豆、イモなど、荒海を渡る人びとに託され、届けられ、この風土に合うように品種改良がなされ、人びとの暮らしを支えてきたことについて。

種子を苦労して育ててきた人たちと、種子をただの売り買いの商品として見てしまう人たちと。

終戦後、二度と国民が「飢え」に苦しまぬよう、「公的種子事業」が発足。公的資金の投入、農業試験場、研究機関、農協、農家の連携で、栽培、品種改良、検査、試験を都道府県に義務づけ、「良種子《りょうしゅし》（正常に発芽する種子）」の保存と管理を進める「種子法」（一九五一年）が定められ。

国民を「飢え」から守るためには「種子」を守ることから、という決意。

しかし、種子も商品。ビジネスの対象に。国境を越える企業の誘惑の手が日本にも。若きエース小泉進次郎農林部会長の登場。国際競争に勝つため、民間活力を生かすビジネス商品として「種子」をと。そのためには「種子法」が自由化の妨げになると。

二〇一七年三月二三日「主要農作物種子法を廃止する法律」の成立。

さまざまな批判の続出。

多国籍企業に、日本固有種子が買いしめられるのでは。日本の食糧主権が奪われるのでは。消費者の好む種子しか、企業は大事にしなくなるのでは。種子の品質向上の保障はどこで誰が。種子の価格上昇、不安定な価格変動がもたらされるのでは。種子の私物化、独占、農家の廃業がはじまるのでは……。

危機感は広がり、「種苗法改正」「食料安全保障」の動きへ。

品種の海外流出防止。新たな「種子条例」の制定へ。

「種の力」を子どもたちに教える工夫を。

「種たち」の美しい姿。生存戦略を賭けた見事な造形美。

羽を付け、綿をつけ、宙を舞い、遠征し。荒れ地でも、岩山でも、水辺でも、水中でも。

埼玉県行田市。一四〇〇〜三〇〇〇年前の地層から出て来た古代蓮の種。発芽し花が咲き。

『ずかん　たね』（技術評論社）に見る、千差万別の、思い切り豊かで、不思議の姿のたねの世界。「自然の巧妙な造形」などと軽く言えないことがわかる。本の帯に「たねの形には、ワケがある！」と。このタネも仕掛けもある「種」に支えられて、あらゆる生きものが存続し得てきたことへの驚き。

風立ちぬ

わたしはどうしたら気づけるのだろうか。

気圧のひどい高低が大地の凶風を生み。

貧富のひどい高低が政治の邪風を生み。

奇風の音がカラカラとなる時代が来ていることについて。


「大地の吐く息を風という。ひとたび風が起これば、大地のあらゆる「穴」が叫び出す。おまえもあのビュービューとうなる声を聞いたことがあるだろう」

（『荘子　第二斉物論篇』森三樹三郎訳を少し縮小）


天候現象から鑑《かんが》みると日本列島は少し変わってしまった、「なんだこれは！」というくらい現象が変異している。震災も偶然そういう時期に当たったと考えるのではなく、そもそも気候からして別物になってしまったんだ。

風と水（川も海も）が著しく変わっていて、その変化が東北だけじゃないとすれば全体的に、世界的に何か変化が生じていて、地震や津波もそのなかのひとつとして現れている。過ぎたるはそれまでみたいに別問題としないで、これからは常に気象現象の変化が続いていく、天然の偶然だけがこ
こ一年特に際立って出てきたというのではなく、そうした大きな変化のなかで気象現象の意味付けも位置付けもしなきゃいけない。

大きな気候の変動を恒久的な問題とし対策を練っていく、そうした天然の現象自体を再認識しなければならないと思う。

（インタビュー・吉本隆明「風の変わり目」（二〇一一年七月『ユリイカ』）より）

風の中に立つ時代が来たのか。

吹きすさぶ烈風の中。
呂洞賓《りょどうひん》が両手を広げ、胸をそらせて立っている。
迫り来る龍。
髭はなびき、帽子や衣のひもが、宙に舞う。
（雪村《せっそん》筆「呂洞賓図」から）

烈風の中でたたずむ時が来たのか。
風の向こうの「龍」とはなにものなのか。
そして「烈風」とは。

十の風。風のあや。

一つ。風の方位。北風、南風、東風……。四方風。世界に四つの風が吹き。
四つの風が世界をつくる。四方と四風。風に生まれる方角がある?
風を生むものがいる。

二つ。風の神々。地中海の風・アネモイ。翼をもち。神々の羽ばたき。北風・ボレアース、ホラ貝を鳴らし冬の冷気を運ぶ最強の風の神。西風・ゼピュロス、春をもたらす豊穣《ほうじょう》の神。南風・ノトス、秋を呼ぶ破

壊の神。

見えない風の神々を、ギリシアの詩人たちが豊かに讃える。でも夏の風は、どこに。熱帯から北上する大風。暴風雨。台風。アジアの風神。巨大な風袋を持ち。


三つ。災いの風。刃をもつ風。風邪。

一九一八年。スペイン風邪。インフルエンザ。五〇〇〇万人の死者。毒性の強いウイルス。風が魔を運び。田畑を荒らし、蟲を運び。古代の風鎮めの祭り。風を刀で切る。

魔風よ、静まれ。


四つ。古代の四元素。地、水、火、風。風だけが「見えない」。

大地（山と谷）に、灼熱《しゃくねつ》の火（太陽）が注ぎ、大気は熱し、巡り。水は雲となり雨となり嵐となり……。ようやく風が「見える」。風が、地・水・火を動かし。ゆれる世界の中で、万物が目覚め。

古代の教え。


物事の根源に風がある、と。


五つ。竜の動き。鳳が羽ばたき、竜がうなる。地球という巨大な風車。縮こまる小さな生き物たち。果てまで吹き飛ばされる恐怖。

古代の教え。

風の道（力）を読め。


六つ。羽のデザイン。風は運ぶ。季節を。風邪を。災いを。恵みを。恵み？

風に乗るデザイン。グライダーのような。プロペラのような。パラシュートのような。飛ぶ種子。羽をゆらす虫。翼をはばたかせる鳥。

風はエネルギー。「運ぶ力」の恵み。

そうだ、風は花の匂い、君の香りの運び屋。音を運び。君のことばを届ける。

風味が生まれ、風流が育ち。


七つ。糸と風。風に糸。たなびく糸。吹き飛ばされぬよう、結び目をつくる。

結び目を長くする。糸を包む繭。いのちの包み。風から守る。

風に向かい合う。風に向かう姿をつくる。

荒れる風に、ゆらぐあやを。


八つ。息へ。給付が断たれ、存在がゆらぎ、息ができない。どこかに、岸辺を。

難民。移民。旅の人。風来。風狂。漂泊。根のない生。


「暁《あかつき》のあらしにたぐふ鐘の音を心の底にこたへてぞ聞く」

（西行『山家集《さんか》』九三八）

（明け方の嵐の音にまじって鐘の音が聞こえる、こんな嵐の中で鐘をつく人がいるんだ。その心を感じながら私は鐘の音を聞いている）


嵐の音と人の音。ふたつの音を感じること。

そこに「息をする」の根源が。


九つ。高みへ、地図へ。風が「高み」へ。

「そこからぁトーキョが見えるぅかい♪」（三橋美智也「夕焼けとんび」）

昇れば、「現在」と「過去」が見え。「未来」も。


「いたずらに恍惚と不安の複雑なため息をもらして、狭い部屋の中を、うろうろ歩き廻っている場合ではない。私は絶えず、昇らなければならぬ」

「私はその夜、暗い電燈の下で、東京市の大地図を机いっぱいに拡げた」

（太宰治『東京八景』）


「人生」を見渡せる「高み」へ。「世界」を見渡せる「高み」へ。「悪政」を見渡せる「高み」へ。「風」に乗って。


十。波打つ大地。「波」は地上で風になり。道をそらせる勢いの風になり。

間違った「地図」を見てしまうかもしれない「高み」へ……。

「地図にさえ出ていない小さな島を五年もかかって、やっと占領した自分の力のふがいなさにはもうあきれかえっていた。……彼は男泣きに大声をあげて泣いてしまいたかった」

（太宰治『地図』）

風立ちぬ　いざ生きめやも（堀辰雄）

だ。

あとがき　「わ（環）」の詩文のほうへ

目次

1　詩と詩文と

七十歳過ぎて、初めての詩集ですかと笑われそうです。でも、わたしには、これでもまだ出すのが早すぎるという感じです。それなのに、私のほうに、時間がなくなってきているので、どうしても、この辺で、だいぶ早いですが、出さなくてはいけなくなってきている、という情けない感じです。

もちろん、これを「詩集」というのは、よくないかも知れません。私がよくないというよりか、これを読む多くの人が、こんなの詩じゃねえというように感じるだろうなと思うからです。なのにあえて「詩集」と呼び、さらに改まって「詩文集」と呼ぶのには少し訳があるのです。

私にとってはふたつのタイプの詩があります。これは全くもって、私の勝手な分け方なので何の一般性もありませんが、とにかくそういう分け方を意識してきました。

ひとつは「喩」の豊かさを楽しむ詩というか、「喩」の示す物語性を生かして創られる詩の数々です。現代詩の多くは、そういうタイプの詩のように見えます。一見やさしそうに見える詩にも、こういう「喩」の豊かさや物語性を味わえる詩がたくさんあります。

海にゐるのは、
あれは人魚ではないのです。
海にゐるのは、
あれは、浪ばかり。

中原中也「北の海」

「海」を何と受けとめてもいいのですが、「世間」とか「大都会」とか「人の心」とかの「喩」のように感じると、そこに現れる「美しい人魚」も、だまされちゃいけねえよ、ありゃただの「浪」なんだよ……というふうにも受け取れます。「喩」の感じ方で、描かれている情景の「心情」が、とても心に響くようになるのが「喩を求める詩」の不思議な味わいです。

一方、わたしが「わ（環）」と呼ぶものに関心を注ぐようにしてつくられる詩があります。見本をお示しするのはむずかしいですが、わかりやすい例を引けば「水」のようなものを見つめるときに生まれてくる詩とでも言えばいいでしょうか。「水」と呼ばれるものは、湯でもあり氷でもあり、水蒸気でも、雲でも、雨でも、雪でもあり……川でも、海でも、嵐でもあり、というように変化していて、それぞれは別々の対象になりながら、でも「わ（環）」としてつながっているわけです。そんな「水」を、別々の対象でありつつ、そのつながっているところに興味を持ち、「詩」として考えて見ようという方向の詩です。

でも、そういう方向は、どこかで深く科学と触れるわけで、そこのところを「喩」だけで、とらえようとすると当然非科学的だと一蹴されるだけで、相手にはされません。なので、そこではできるだけ「喩」から遠ざかりながら、あたかも「散文」のようなスタイルで書かなくてはならなくなります。でもそれは「散文」ではなく「詩」なのだという意味で、そういう表現をここではわたしなりに「詩文」という言い方でとらえておくことにしました。

そういうわけですから、現代詩を「喩」中心の詩とすると、もう一方に「喩」から遠ざかるような「詩」、つまり「詩文」があると、わたしは考えてきたということになります。

ちなみに、先ほどの「水」の例をもう一度とりあげると、その「水」

の「わ（環）」の仕組みを「詩」としてとらえることの大事さを説いた書物のことを思い出します。バシュラールの『水と夢』です。この本は、「わ（環）」としての「水」の総体を捉えようとした壮大な試みですが、それは「水の詩学」として提出されていて「詩」ではないので、ここでは横へ置いておきます。でも、彼は一級の科学史研究者でありながら、科学が最も嫌う「詩」への関心を生涯深めてゆきました。そういう彼の目指していた方向性は、いまでも深く省みられる必要性はあると私は思っています。ちなみいえば、わたしは彼の『大地と意志の夢想』『大地と休息の夢想』を、若い頃どれだけ胸をときめかして読んだでしょうか。

　ところで、ここに「詩」と「詩文」の違いに触れるような興味深い話があるので紹介しておきます。それは寺山修司『戦後詩』（ちくま文庫）で書いているつぎのような話です。

せんせい
うらしまたろうは　うみにもぐる
とき
めやみみに
みずがはいらなかったでしょうか

　と、ある生徒が先生にたずねる。先生は笑いだす。教室の窓から夏の海が光っている。その生徒の無邪気そうな顔を見つめて「この子はなかなか詩人だな」と先生は考える。

　自分が海に入ったときのことと、浦島太郎が亀に乗って海に入ったときのことを連動させて、生徒は先生に「おたずね」をしているところを寺山修司はとらえています。そして、教室でのこの生徒の「おたずね」は、先生から見れば「なかなかの詩人」と見えるのに、でももし教室から離れて、この「おたずね」が活字になれば、はたして「詩」として認められるのだろうかと思う気持ちを寺山修司はそこで書いていました。寺山はなぜそんな疑問をもったのかというと、子どもの「おたずね」には、「喩」らしきものが入っているわけではなく、活字にすればただの「散文」にしか見えないからです。だから、「詩」だとはみなされないだろうと。でも先生はどこかしら「この子は詩人だなあ」と感じた、というところに寺山修司は気をとめていたのです。

活字にしてしまえば、ただの「散文」のようにしか見えず、「詩」としては評価されないのに、でも「詩人だなあ」と感じさせるものがそこにあるというのは、一体どういうことなのだろうか、ということです。考えられることは、次のようなことではないかと、わたしはわたしなりに考えてみました。

たいていの人は、浦島太郎の話は物語であって、それを現実にむすびつけたりしないのに、この生徒は、海の見える教室で、物語と現実の間に何かしらの「つながり」を感じて、でもそこがよくわからないので「たずねてみた」ということではないかと。

世界がつながっているということは、「現実」と「物語」との間にもあてはまるところがあります。そのつながりをわたしは「わ（環）」と呼ぶわけですが、この「わ（環）」に気がつくことは、そこで「わ」のわかりにくさについて「たずねる人になる」ということでもあります。その「たずねる人」の姿が先生には「詩人だなあ」と感じられ、寺山修司もこの先生の思いに同感するものを見出していたのではなかったかと。

（ちなみにいうと、寺山修司は『戦後詩』の中で、高名な詩人の作品に何かしらの「違和」を感じるような評価をしているところがあって、それはどうも「喩」に重きを置きすぎていると感じる「詩」に対してのようなのです。「肉声」に生涯こだわり続けた寺山は、どこか「喩」から離れた「詩文」のような「詩」を求めていたような気がします。

どっかへ　走っていく　汽車の／七十五セント　ぶんの　切符を　くだせい。／ね　どっかへ　走っていく　汽車の／七十五セント　ぶんの　切符を　くだせい　ってんだ

どこへいくか　なんて　知っちゃあいねえ／ただもう　こっからはなれてくんだ

（ヒューズ「七十五セントのブルース」）

というような。

2　宮沢賢治と荒川洋治

もう一つ、こうした「喩」としての詩、と「詩文」として詩の違いに

ふれたような興味深い批評を読んだときがありました。

それは瀬尾育生さんが荒川洋治の詩法を論じた「中間にこのままでいること」に触れたときで、この批評は「八〇年代の荒川洋治」の特質を、とても大胆に、しかも核心の部分で解き明かしているようにわたしは感じたものでした。

この批評を読んで、わたしなりに何がわかったかというと、荒川さんが「喩としての詩」から、徐々に意識的に遠ざかろうとしてきたということでした。七〇年代、誰も使ったことのない不思議な「喩」をもって彗星のように現れた荒川さんが、しだいに「散文」のようなスタイルで書きはじめ、「喩」から離れると同時に、同時代の「喩」の詩に嫌悪感を示すようになり出したということで、わたしにもこれは、日本の現代詩史からすると「事件」のように感じていたものです。

でも、瀬尾育生さんの理解を踏まえると、この「事件」までになってきた荒川さんの「喩」からの意図的な遠ざかりは、ある意味ではわたしなどの書きたいと思ってきた方向性とどこかしら似ているのかも知れないと改めて思えてきて、意外な感じがしました。「詩」から「散文」に似た「詩文」のほうへの移動とでもいえるような方向性。

そう考えると、改めてなぜ荒川さんが宮沢賢治への嫌悪を詩にしてきたのかわかる気がしてきたものです。というのも、賢治の詩は、おそらく日本の詩史の中で、はじめて長文の詩の中に山盛りの「喩」を織り込んで現れていたからです。そして荒川さんは、そんな賢治に「石を投げなさい」などという詩を書いたものですから、多くの賢治ファンからは非難されたのでしょうが、たぶん荒川さんにはここまで書かないと伝わらないと考えていた思いがあったのだと思います。それは何かと考えると、「喩」を満載した彼の詩法と、その「喩」を解くために書かれてきたおびただしい注釈書の存在ではなかったかと思います。

そういう注釈書がなければ読めない詩が詩としてもてはやされる世相というのはどうなのかという義憤。

そこから荒川さんは、賢治に石を投げなさいという詩を書くことになります。

この荒川さんの「美代子、石を投げなさい」はひどい詩に見えるけれど、賢治は、自分を「唾し　はぎしりゆききする／おれはひとりの修羅なのだ」と言ったわけで、そんな「異形」を見せれば「わたしに石を投げてください」と言っているようなものでした。修羅を「六道の一つ、戦闘をこととする鬼類」とすれば、まさに、「鬼」なのですから。良識ある母親であれば、きっと子どもに注意を呼びかけると思います。そして賢治自身も、自分に「石」を投げつけるようにわざと「鬼」であろうとしていました。それなのに、荒川さんは、「石を投げなさい」といいながら、そして「ぼくなら投げるな」ともいいながら、詩の最後は投げるための「石がない」と書いていました。「ない石」をどうやって投げたらよいのか……。そこに「鬼」がいるのに。優しすぎるのではないですか、荒川さんと。

しかし、「おれは修羅なのだ」という賢治と、「石を投げなさい」という荒川さんも、実はよく似ている位置にいたのではないかというのが、わたしの気がついた感想です。荒川さんが「石」を投げるように言っているのは「過剰な喩の詩人」に対してです。この「過剰な喩の詩人」は、どこかしら「喩」を特権のようにしているところが荒川さんには見えているのです。現代詩はもっと「喩」の呪縛から解き放たれなくてはイカンのではないかと。

確かに、この現代詩のはじまるあたりに、はち切れそうにふくらんだ「喩」の束を、これまたあふれんばかりの長文の「散文」で包んだような「詩」をひっさげて賢治が現れたものですから、彼の詩はまさに「現代詩」の極みのように見えていたところがあったと思います。でもよく読めば、彼の長い長い詩篇（「無声慟哭」や「オホーツク挽歌」など）は、「詩」のようでもあり、「散文」のようでもあるような様相を見せていて、「喩」が中心にあるような現代詩とはどこか違うところも感じ取れます。この現代詩のように見えながら、現代詩にはないようなところは何だったのかということです。

それはたぶん彼の詩が本当は「喩」ではなく、「わ（環）」を求める詩風に向かっていたからではないかというのが今のわたしの思いです。というのも、当時の彼の頭の中は、仏教の世界観と最先端の自然科学の知識で満ちあふれていて、宇宙のすべてのものが、ぐるぐる回ってつながっているところを表現したくてたまらなかったからです。

　先ほどの「おれは修羅なのだ」という発想でも、「近代自我」をとらえる考えとはおよそ無関係な発想からくるものでした。仏教で言う輪廻転生する六道の世界（「天道」「人間道」「修羅道」「畜生道」「餓鬼道」「地獄道」）を前提にしているものですから、とうぜんながら、自然と世界と宇宙は、輪廻転生の「わ（環）」としてとらえる発想にならざるを得ないものでした。

　しかしそこに、当時の現代詩の「喩」の作法も組み込まれて、その「喩」が自然科学の用語をふんだんに使ってつくりだされるものですから、それを解読するためには山ほどの注釈書が必要になってきたというわけです。荒川さんの義憤を招いたのは、そういう注釈書とともにある「詩」こそが深遠な詩であるかのように見られてしまう世相に対してだったように思います。

　だから賢治の詩は、なにかしら「喩の詩」の極北のように受け取られる面もあったのですが、実際は、妹の「肉声」や「死」を扱い、生と死の循環するような「わ（環）」を見つめようとする「詩文」のほうに向かっていたところもあったのです。そういう意味では、荒川洋治さんの詩作の方向と、宮沢賢治の詩作の方向は、ある部分までは似ているところがあったといえます。

　なので、「喩」の部分には「石」を投げたいのに、「喩」から遠ざかる部分もあるので、そこを見てしまうと「投げる石」が見つからないという感じになっていたのではないかと。その証拠に賢治最後の「雨ニモ負ケズ」の詩は、多くの研究者にとっては、まったく現代詩らしくないものとして「評価」されてはきませんでした。気の利いた「喩」が見られずに、散文を行分けにしたような詩にしか見えなかったからです。しかし荒川さんの言う「文学は実学」ということからいえば、この詩ほど、「実学」として人々を支えてきたものは日本の詩の中ではなかったのではないかと私は思います。

　というのも、この「雨ニモ負ケズ」は、私たちが想像する以上に、世界を「わ（環）」としてとらえる感性に裏打ちされて、創り上げられていたものになっていたからです。この詩が多くの人々の心に訴える力をもってきたのは、この詩がわかりにくい「喩」を使わずに、わかりやすい「散文」で書かれていた、というのではなく、わたしたちが「わ（環）」の仕組みを生きているところを深く意識させる「実学」的な「詩文」で書かれていたからなのです。

3　ヴァレリーの「貝殻」と吉原幸子の「鉄・八態」

「喩」としての「詩」と、「わ（環）」を求める「詩」の違いは、以上で少し説明できたことにして（といっても私の勝手な分け方の説明にしかすぎないものでしたけれど）、次にわたし自身が、「わ（環）」を求める詩を書いてみようと思ったきっかけを二つ書いておきたいと思います。

ひとつは、ヴァレリーの「人と貝殻」を読んだときのことでした。

そこには「貝殻」が「管」や「筒」のようでありながら、ラセンやうずまき、とぐろやねじれなどの、非対称で不均衡な造形を見せつつ、さらに、そこを突起物や棘や瘤で「装飾」しているところもあり、その不思議な姿に魅せられ、こんなふうにたずねていたのです。

「わたしは、この拾ったものを初めて見つめる。わたしは、その形について、先にわたしが指摘したことに気づき、当惑してしまう。そしてそのとき、わたしは自らに問いかける。いったい、だれがこれを作ったのだ、と。（強調は著者）

ヴァレリー「人と貝殻」
松田浩則訳

たぶん学者らしからぬ愚かな「おたずね」です。理科の先生なら、きっと「誰が作ったのか」などとたずねてはいけません、と言うだろうと思うからです。でもヴァレリーは、先に浦島太郎のことをたずねた生徒のように、素朴にたずねていたのです。いったい「誰がこの貝殻を作ったのか」と。これは「貝殻」を理科として考えることではなく、まるで美術の制作物のように見ている見方です。そんな「人と貝殻」を読みながら、「貝殻」というものを理科のように見なくてもいいのだ。まるで「ひと」が作ったもののように見ていってもいいのだ、と教えてもらった気がしたのです。

そして「人と貝殻」は、「詩」ではなかったのですが、「詩人」が「貝殻」について書いているということがとても新鮮に感じました。この文章の中に、詩文集のはじめに掲げた次の一文を見つけたのです。

「もし知性の感じた驚きや感動を
歌った詩が存在するとしたなら
（わたしは生涯ずっと、そうした
詩のことを考えてきた）」

ヴァレリー「人と貝殻」
松田浩則訳

そしてもう一つ、今度はわたし自身が、こういうものなら書いてみたいと思う具体的な「詩」に出会いました。吉原幸子さんの「鉄・八態――それは地球の血」という八篇の詩でした。

この詩は、詩誌や詩集で読んだのではなく、ある雑誌の巻頭に置かれていたのを読んで驚いたのです。その雑誌は『鉄の博物誌　シリーズ金属の文化②』朝日新聞社一九八五という大型の雑誌で（『別冊太陽』の大きさ、厚さとほぼ同じものを想像してください）で、その巻頭を飾っていたのがこの「詩」でした。びっくりしました。こんな「詩」を現代詩人の中にも書く人がいたんだ、と思いましたから。

こんな詩というのは、詩のテーマが「鉄」だったからです。詩人の気持ちや心情、そんなものとはほとんど無縁な「鉄」と向かい合って書かれていた作品でしたから。わたしがこの雑誌を購入したのは、その頃、古事記を「鉄の物語」として読めると思い立ち、たくさんな文献を読んでいた時でした。この雑誌には、様々な分野の鉄の研究者が執筆されていました。その巻頭に吉原幸子さんの「詩」が掲載されていたのです。吉原（一九三二―二〇〇二）さん、五十四歳の時の作品でした。わたしの当初の関心は「鉄」にあり、巻頭に「詩」のあることには気も止めず、本文のほうを先に読んでいたのですが、ある日ふと「詩」があることに気がつき、読んでみてびっくりしたというわけです。

この「鉄・八態――それは地球の血」は、「生まれる」「象る」「支える」「打つ」「削る」「転がる」「走る」「錆びる」の八つに分けて書かれていました。それはまさに「鉄」が、八つの分野をまたぐ「わ（環）」として存在しているところを描いていたもので、その八つに変貌する姿が「詩」でもって描かれていました。その見事さに、私は心がざわざわしたのを覚えています。ちなみに、ひとつめを紹介しておきます。

鉄・八態——それは地球の血

生まれる

それは宇宙のあちこちにひっそりと眠っていた。赤い、黄色い、黒い岩のなかに、やがて飛ぼうとする鳥のすがたで。あるいは砂漠に、水の底に、遠い磁極を求めてそそけだちながら、なにげない砂粒のふりをして。ある日それは、天からも降ってきた。人びとは〈聖なる石〉〈霊魂ある石〉としてそれを削った。やがて人々が火より熱い火をみつけたとき、それは煮えたぎり、溶け、地球という肉体を脈々とめぐりはじめた。

それは地球の血だったのだ。そしてまた、地球に住む生きものたちの血でもあった（その証しに、人々は血が乏しくなると、その粉を服む）。血管のすみずみに〈文明〉の養分を送りとどけながら、それは人々の生（いのち）の周囲に網の目をひろげ、つよく、しなやかに、たくましく、するどく、息づきはじめる。

ところで、吉原さんはその後七十歳で亡くなられるのですが、この詩はそれまでの詩集には収められていなかったので、死後発刊された『吉原幸子全詩Ⅲ』二〇一二を買ってきました。この詩がどうやって書かれることになったのか、その経緯をどうしても知りたかったからです。でも、この全集の中の「単行本未収録詩篇」にもこの詩は収録はされておりませんでした。

不思議に思い出版元にたずねてみました。すると意外な返事が返ってきました。この全集には親族の方が関わっておられて、その方が、詩集に収録されなかったというのです。このときは驚きました。この「鉄・八態——それは地球の血」が「詩」として認められなくて、全集から省かれたという経緯が、にわかには信じられなかったからです。

もし仮に親族や遺族の方が全集の制作に関わっておられたとしても、こういう全集つくりには出版社のプロの編集者が関わっておられたわけで、その方が親族の方に「この詩は省くわけにはいきませんよ、この作品も〈詩〉としてちゃんと載せておきましょう」と助言できたはずなのにと思ったからです。どうしてそういうことをなされなかったのか……

と。でもあとから思ったものです。ひょっとしたら、現代詩にかかわる編集者も、こういう作品を「詩」として受け入れる基準をもたれていなかったのではないかと。掲載誌も詩誌ではなかったので、何か「エッセイ」か「散文」のように見なされて、「全詩集」から省かれたのではないかと。それならわかるような気がしました。（のち『現代詩手帖②　吉原幸子の世界―没後10年』［二〇一三年二月］の特集号に「新資料　未発表原稿」としてこの詩は全編掲載されましたので、興味のある方は読むことができます）

こうして、「貝殻」と「鉄」を扱った二つの作品に出会って、この人間の「心情」とは無縁なものを「たずね」「みつめる」まなざしの何と豊かなことかと私は思いました。

そして、そういうものを表現する道筋がすでに開かれていたのだと思いました。

ところで、興味深いことに、この「鉄・八態」が書かれた一九八五年に、吉本隆明さんの『言葉からの触手』の連載がはじまり、詩集としては一九八九年に出版されました。

たぶんこの詩集も、吉本隆明さんなりの「わ（環）」の仕組みに触れようと試みられた詩集だったとわたしは思うのですが、これを「思想詩」というか「散文」のように読む人はいても、いわゆる「詩」として読むのは一般の読者にはとても難しいと受け取られたのではないかと私は思います。ただ『吉本隆明詩全集7』に、瀬尾育生さんのすぐれた解説が載っていて、そこでの指摘はわたしがやろうとしている方向を、このとき指示されている感じがしました。特に引用されていた詩篇は、引用されなかったら気がつかずに読み飛ばしていたと思いますから。

波打つ生命の糸が、軋みながら概念の一義性のなかに集め取られ文字として定着されていった。『言葉からの触手』が、論理の言葉で書かれながら同時に詩であるのは、この概念化の動きを逆にたどつて、言葉が理論的構築の壁をいたるところで滲出して、縦横に流入し流出する詩的波動をつくりだしているからだ。その波動は、数千年を支配してきた概念の歴史を、こんなふうに超え出ようとしている。

わたしは苦しまぎれに、その実在物の含んでいる生命の糸が巻きこまれ、折り畳まれて詰めこまれたものが「概念」だとどこかで述べたことがある。（……）「中間体」につめこまれた〈海辺の草花の地面に平行な視覚像〉は「概念」のレベルでは〈海辺の草花の客観的に視られた生命の線条〉の像に変換される。また中間体につめこまれた〈いっぱいつまった無数〉という意味は、〈無数回折り畳まれた〉という像に変換される。そこで「海辺の草花」の「概念」として、最終的にえられる像は〈海辺の草花の客観的に視られた生命の線条が、無数回折り畳まれたもの〉ということになる。
（「7　超概念視線像」）

（「波動し反復する海——『新詩集』以後の吉本隆明」『吉本隆明詩全集7』）思潮社
二〇〇七

このジャーゴン（意味不明なことば）のような、呪文のような「詩」を丁寧に読み解けるのは、瀬尾育生さんのような読解力を持った人ならではのことなのですが、それでも瀬尾さんをもってしても、吉本さんの詩の説明は難しいなあと感じたものでしたから、一般の人が、この詩集を簡単に「詩」と感じるのはむずかしいと思いました。

それでも、「生命の糸」「生命の線条」「折り畳まれたもの」と吉本隆明さんによって表現され、瀬尾さんによって「波打つ生命の糸」として抽出されたものなどは、わたしにとっては使いこなすことはできないにしろ、とても魅力的な「詩句」としてあるものでした。

4　「たずねる」ことについて

わたしの今回の試みは、こうして「理科系に対する人文系からの疑問」をぶつけてみてもいいのだと思うところからはじまりました。もちろんただの「疑問」というのではなく「わ（環）」を感じる所で生まれてくる疑問です。通常、質問はないですか、と聞かれると、なにをどうおたずねしたらいいのかわからないことが多いですし、たずね方もわからないし、こんなことを聞いてもいいのかしらと思うこともあり、そんなことくらい自分で調べりゃいいでしょと、叱られはしないかと思うこともあり……聞きたいことは素朴なことなのに、いい聞き方ができない、いいたずね方ができない、ということで困るものです。

学校では、「答え」は教えてくれても、疑問の持ち方、質問の仕方まではなかなか教えてくれません。というか、疑問をもったり質問したりする時間があれば、「答え」があるんだから、「答え」を先に覚えなさいと言われるようにも思います。

この「詩文集」は、「わ（環）」について、たずねるためのかたちを模索するというか、まずたずねることそのものを形にすることを模索していて、その模索を「詩」あるいは「詩文」と呼ぼうとしているところもあるのです。なので、なにを問うてもいいと考えることは、「詩文」としてはとても大事な前提でした。そして何よりも大事なことは、あらゆる疑問はオリジナルだということを考えたいということでした。

うらしまたろうは　うみにもぐるとき／めやみみに／みずがはいらなかったでしょうか

といった問いがそうであったように。その人にはその人の固有の疑問があり、それは他の人の疑問と違っているものですよ、と。そしてそういう愚問のように「たずねること」も、わたしは「詩」と認めて欲しいと思ってきました。

5　古代から「わ（環）」をとらえてきた言葉について

ところで、こうした世界の「わ（環）」への関心はとても大事なものであったはずですから、古代の人たちも、実際には、たくさん「わ（環）」の言葉を作ってきていたのではないかと私は思ってきました。というか、むしろ古代の人たちのほうが、世界が、「わ（環）」の仕組みとしてあることは、よく意識していたのではないかと。古代の人というよりか、生きもののすべては、「わ（環）」の中で、「わ（環）」をよく意識し、先取りして生き抜いてきているところがあったと思うからです。なので、この「わ（環）」そのものを、言葉にする試みはたくさんあったはずだと思いました。そういう、「わ（環）」をとらえた最も根源の言葉を紹介するとしたら、それは、

「天地」

ではないかと思います。わたしは、これが最も短い「詩」なのだと思っ

てきました。ここに世界が、「天」と「地」の「わ（環）」として存在しているところがとらえられていたからです。でも「天地」を、ただの「言葉」として受け取ることもできますし、実際にもただの「天」と「地」を表した言葉だと説明されることが多いと思います。でも、「天」と「地」をばらばらにするのではなく「天地」と表現すれば、そこには世界につながる巨大な仕組みが、この短い言葉に一気にとらえられ、しかもそれが「わ（環）」としてあることを瞬時に感じ取らせる力になっていることがわかります。そういう「力」を、ただの「言葉」ではなく、古代から人々は特別な言葉として（現代の言葉でいうと「詩」となるでしょうが）意識してきたのだと思います。

こじつけだと思われるかも知れませんが、そんなことはないのです。たとえば、旧約聖書の一行目は「はじめに神は天地を創りたもうた」と書かれていましたし、古事記にも、「天地がはじめて現れたときに」と書かれていました。たった二文字の短い「天地」という言葉が、世界のあらゆるものをひっくるめ、コンパクトなイメージの「つながり」として説明していたのです。

でも、この「天地」に、壮大な「わ（環）」を見つめる視点（詩の力）のあることを感知しなければ、「天地」はただ何か大きな指示物をとらえた言葉のようにしか見えません。そういうふうに考えれば、わたしたちがふだん「詩」として意識していないけれど、偉大な「わ（環）」をとらえた、「ことば」がたくさんあったのではないか思います。

たとえば、「朝夕」「昼夜」「暗明」「寒暖」「春夏秋冬」「古今東西」「草虫鳥獣」「吉凶禍福」「四苦八苦」「木火土金水」……わたしたちのとてもよく知っている言葉の数々です。これらはすべて世界が「わ（環）」としてできていることを教えている言葉です。でもそれらは「詩」として取り上げられるわけではなく、ただの「対なる言葉」「熟語」「四字熟語」あるいは「ことわざ」「警句」のように説明されてきたと思います。もちろん「詩」などと呼ばれなくていいのですが、こういう言葉群には、世界や人生を「わ（環）」としてとらえ、「先まわり」して危機を乗り越える実学の知恵を授けてくれるものとしてあったものです。

こういうふうに紹介すると、で

は「詩」は、「熟語」でも「ことわざ」でもいいのかといわれかねません。ある意味ではそうなのだと、大胆に言いたいところです。長い歴史の中で生き残ってきた「二文字」「熟語」「ことわざ」などは、世界の「わ（環）」に鋭く着目するという意味では、「詩」と呼んでもいいものだったからです。でも、あえて無理をして「詩」と呼ばなくても、「熟語（熟した語）」「ことわざ（ことばの技）」で、十分に「わ（環）の力」「詩の力」を言い表してきていますから、それでいいと思います。

　わたしは、芭蕉の最高傑作と称される次の句も、なぜそんなに誉めたたえられるのかといえば、そこにふつうの言葉で「わ（環）」をとらえる作品になっていたからだと思います。

　「古池や蛙飛びこむ水の音」

「古い池のある情景」と、そこに「蛙」がいて、その蛙が水に飛び込み「ボチャン」という「音」が聞こえたという。あまりにもありふれた光景ばかりで、こんな光景をつないだものが、なぜ最高の作品と見なされるのか、若い頃は不思議でした。でも、「古池」とは、実は「古い」だけあってさまざまな生きものが生息している世界です。普通に古池を見ているだけでは、そういう生きもののの宝庫のような世界は見えてこないものですが、そこに「蛙」が飛び込み、「ボチャン」という「音」のしたことを書き込むことで、作者の見ている世界が、単なる風景画ではなく、「池―水―蛙―飛び込み―音」が「わ（環）」として連動して動いている世界であることが見えてきます。そういうふうに世界を、「わ（環）」としてあるように見るということになると、それは「詩」だということになります。だから「詩」と呼んで良いのですが、せっかく子規が「俳句」という粋な呼び名をつけたものですから、そのほうが良いことは私だってわかります。

　のちに「短詩」と呼ばれたり、「短歌」との違いなどが、音数律を巡って議論されたりするのですが、わたしは「二文字」でも「熟語」でも、世界の「わ（環）」をつかみ得ているものは「詩」だと思うものですから、俳句の中にも当然「詩」があっていいと思います。

　そして、古代の賢人たちは、こうした「天地」や「朝夕」や「木火土金水」などを見つめながら、世界の成り立ちを考える長い韻文を考え、それを「詩」と呼び、それを書きとめる人を「詩人」と呼んできたのではないかと思います。

6　わたしの詩文のモチーフについて

そこからわたしは自分の作った詩文の作法というか、モチーフについて、少しだけ触れておけたらと思います。「手」「糸」「織姫」「千手」「あやとり」というのは、わたしが「わ（環）」について考えるためには欠かせない強いモチーフとして最初から設定されました。批判は覚悟の上で、「科学」の「思考」に対しては、このモチーフを対置させる以外にはないという強い思いがありました。

そして「詩文集」で、「考えたかった」ことはたくさんあるのですが、最初からどうしても取り組みたかったことに「食虫植物」と「擬態」のテーマがありました。そんなことは「詩」で考えるようなことではなく、「植物学」や「昆虫学」の領域で観察、研究するものだと普通は思われていると思うのですが、そういうテーマこそ、「詩」の領域でもなされるべきことなのだとずっと思っていました。

そういうこと、つまり「詩」で「考える」ことができているかどうかは、実際にこの「詩文集」のそういう部分を読んで「判断」していただくしかないのですが、さきにお断りしておかないといけないのは、植物学や昆虫学の分野がすることを「詩」でもできますよ、というようなことをしているというわけではないということです。「詩」あるいは「詩文」という、世界の総体を捉えようとするスタイルの中でしかできないことの中に「食虫植物」や「擬態」のテーマもあるのだということを訴えようとしているのです。そこは勘違いされると困るところです。

あの大きなスケールの『種の起源』（五十歳の時）を表したダーウィンですら、晩年（六十六歳）になって食虫植物の本（残念ながら未訳）を書こうとしたのは、『種の起源』の発想では解けない謎がまだあったからで、それはダーウィンの時代ではというか、自然科学の発想だけでは解きえない謎があって、それは大きな「わ（環）」を見つめる「詩」の発想の中でしか解くことができないものであったように私は感じていました（たぶんヴァレリーもそういう「問題意識」をもっていたように思われます）。

そういう意味で、科学の手法、科学の文法、科学の着眼でもって切り開かれた世界の中で、分子レベルの解析、遺伝子解析で生命のすべてがわかるような説明にたいして、人文からの疑問の投げかけは愚問なのか、意義は低く見られてもいいのか、という思いが強く出てきています。そもそも人文の発想は、科学思考に対しては非力なのかという思いです。

世界の「わ（環）」は、本当に科学の言葉でしか捉えられないのか、人文の言葉では空想的になるのか、もっと人文の言葉は挑戦してもいいのではないかと。

そこから、私が読みたいと望んでいたのは、「世界」が「わ」となって巡り巡っているところをとらえるような詩集でしたが（「世界」というと大袈裟に聞こえると困りますが）、その「わ」の大まかな区別を小学校の図書室でも区別されているコーナーというぐらいで私は考えてきました。そのコーナーとは、「物語」のコーナー、「生きもの・科学」のコーナー、「人びと」のコーナー、「国々」のコーナー、というようなものです。私もそういう四つくらいの分け方がわかりやすいと思ってきました。問題は、「物語」や「生きもの・科学」で知ることが、「人びと」の「腹の足しにもならぬこと」のようにみなされたりすることです。

そういうことが起こるのは、「物語」、「生きもの・科学」、「人びと」、「国々」の四つの次元の違う理解が、どこかでつながるように教えられていないところからきているように私は思ってきました。

そこで、希望してきたのが、少なくともこの四つの次元が「わ」として巡っているのが感じられるような詩集のことでした。そういう四つの次元の「わ」を意識させるような詩集があれば、何かの力になるのではないかと。わたし自身、そして、そういう詩あるいは詩集があれば、ぜひ読みたいと思ってきました。

7　遠目で見てきたゲーテの「神と世界」「西東詩集」

わたしの試みの先例になるものをわたしも探していたのですが、これが近いと思えるものは、あります。たとえばゲーテの「神と世界」などです。たとえばという限定をつけて紹介するのは、どうしてもこういう詩は、古い時代の詩であり、それは当然、翻訳によってしか読むことのできない詩になりますから、現代の読者が読まれても、「心に響く」ように感じとれないところがあります。

でも、翻訳に慣れるようにして、ゲーテの「神と世界」を読むと、現代の「詩人」がもう挑戦しなくなった世界について果敢に挑戦している姿を読み取ることができます。

それは、世界がつながり合っている「わ（環）」のようなものを、ひたすら見据えようとしている姿です。神々の讃歌と、地水火風などの大自然と、そして「植物のメタモルフォーゼ」「動物のメタモルフォーゼ」などの生きものの世界と、「世界の色彩」や「ひとびとの愛」のような「色恋もの」までを、めぐりめぐるような構成にしてとらえようとしているところです。でも翻訳で読むからか、いくら優れた訳でも、日本語での情感というのか、狙いというのか、もうひとつうまく伝わってきにくいところがあります。それはでも、翻訳のせいだけでもなく、訳者、高橋義人氏が解説で次のように説明されているところにも、原因があったことがわかります。

> 「神と世界」は、晩年のゲーテが生前最後の決定版全集の編纂に際して、それまでに書いた自然哲学的な詩の多くをこの題名のもとに集めたもので、ここには古代ギリシアから彼の時代に至る幾多の思想家の言葉がちりばめられている。ゲーテは一七九九年頃、ルクレティウスに倣って自然哲学的な思想を謳った大詩篇を書こうと計画していたが、この詩集はその計画を不完全ながらも実現したものであると言える。
>
> 『ゲーテ　自然と象徴』冨山房百科文庫一九八二

解説に従うなら、「神と世界」は、しっかり練られた計画の元に創られた詩集というのではなく、晩年の、計画途上の、寄せ集めの詩集として創られていたということです。でも、わたしから見れば、それは欠点というより、そうならざるを得ないだろうなという、深い同情の念を抱かせるところがあります。

というのも、「わ（環）」への関心には切りがなく、百科全書的に、全世界の関連に心を寄せることができないからです。それでも、そういう

「わ（環）」を見据える詩を書かなくてはとゲーテは思っていたのだと思います。世界がそんなふうにつながっていたからです。そしてそうした試みは、わたしにはとても興味深く、他の詩集では味わえないものがあり、わたしも負けずに創ってみなくてはと奮起させるものがありました。

そういう意味では、「西洋」と「東洋」のつながりを描こうとしたゲーテの『西東詩集』も、「わ（環）」の詩集だったと思います。この詩集は三分の一が「注解と論考」に当てられていて、彼がいかに「わ（環）」を見つめる意図を読者にわかってもらうために苦労していたかがわかって興味深いです（平井俊夫訳は苦心して現代語訳に挑戦された訳業だと思います）。ところで『西東詩集』は、ゲーテが七十歳の時の出版ですし、吉本隆明『言葉からの触手』も六十五歳の作品でした。「わ（環）」の作品は「遅く」にしか取りかかれないものなのかもしれません。

8　これからの「詩文」のゆくへについて

「あとがき」にしては長すぎるではないかとお叱りを受けそうですが、お許しください。というのも、わたしは若い世代の人たちにどうしても託したいメッセージがあったからです。それは、すでに述べてきたように吉原幸子さんの詩「鉄・八態――それは地球の血」が、鉄の研究誌の巻頭を飾りながら、その専門誌の執筆者にも、しっかり読んでもらえていたように、あらゆる研究誌、専門誌の巻頭（末席でもいいのですよ）にも書いて耐えられるような詩を書くように、詩を書く分野も媒体もスタイルも、もっと広げられるように挑戦していっていただきたいという願いです。そしてあらゆる娯楽誌、情報誌、専門誌、（乳幼児の雑誌から、ファッション、農業、林業、海洋、政治、天文学……あらゆる分野です）の巻頭（どこでもいいのですが）に、「人文のひらめき」の豊かさを示す詩を載せるのが当たり前になり、詩を書く人に執筆を依頼することが当たり前になるような時代の来ることを思っているのです。現在そういうあらゆる雑誌の巻頭に詩を寄せられる人は、谷川俊太郎さんということになると思われますが、その谷川俊太郎さんのお株を奪うようにして、さまざまな分野の意向に堪えられるような詩（それは科学では見失われがちな「わ（環）」を見つめる詩ということですが）をつくれるように、関心も発想も文体も工夫して詩を創れる若い世代が育って欲しいと思っているのです。

というのも、現在「詩」を載せるのは詩の雑誌というふうに限られてしまうと、結局「詩」を書くことはそういう詩専門の雑誌に載っているような詩を書くということから脱することができず、その結果、専門の雑誌からは、そんな詩はうちの雑誌にふさわしくないと敬遠されてしまうことになります。もっと貪欲に「実学」に正面からぶつかってゆく「詩」がつくられていってもいいと私は思います。

そのことをふと思った一文がありました。それは次のような吉本隆明さんの文章でした。

僕には今の若い人の生活の実態はよくわかりません。先日、二〇代、三〇代の詩人の詩集をまとめて二十冊ぐらい読んでみたんですが、いい詩だなといえるほどのものはありませんでした。日本の近代詩、現代詩の歴史のなかにおいてみると、とても詩とはいえないじゃないか、なんでこんなものを書いているんだろうというのが実感です。

『貧困と思想』青土社二〇〇八

お言葉を返すようですが、とその時思ったものです。吉本隆明さんの詩にも、そうとう「わかりにくい」詩がありましたよと。それでも吉本さんの不満はわかるような気がしました。それは、自分にしか通じない「喩」に依存する度合いが強い詩ばかりが作られてきていることへの、吉本さんなりの懸念だったように思われるのですが、吉本さんご自身も、「喩に満ちた詩」から遠ざかることは難しい時代に生きてこられていたと思います。

私の願いは、古代の生きものから人間まで、病む人から元気な人まで、貧しい人から富める人まで、海底から宇宙まで、次元を異にするあらゆるものが、次元の違うことを踏まえながら、なおかつ「わ」としてつながっているところを見つめるような「詩」のかたちを作れないものかということです。

わたしは人にお願いをするだけではダメだと思い、自分なりに模索しながら「わ（環）」に触れるための詩を作ろうと努力してきたのですが、結果的には、途上のものをお見せすることになって、こころは穏やかではありません。でも、その試みの意図だけでも理解してもらえれば、もっと若い人がもっと優れた感性でもって、そういう試みにチャレンジしてもらえるのではないかと思って、この長いあとがきを書いてきたしだいです。それが実現してゆけば、日本の詩史の広がりにとって、これ以上うれしいことはないと思いますから。

さて、最後になりました。はじめに、この詩集が最初で最後のような詩集と書きましたが、あえていえば事実と少し違うので、そこはつくってくださった編集者に失礼になるので、二つの「詩集」らしきものが出ていたことは言っておかなくてはなりません。ひとつめは『小さくなあれ』大和書房一九八五で、もう一つは『哲学の木』平凡社二〇〇一です。前書は、まるで詩集のように出され、後書は「この本はある意味で「詩」のようにできている」とまえがきで書いていたものでした。とくに後者には「わ（環）」のようなものを求めて書いていたと思います。が、今回、ようやく私の意図する「わ（環）」の詩文集として挑戦できたような気がしています。『ことわざの力』洋泉社一九九七も「わ（環）」への知恵の結集したものと考えたり、古事記が「神話篇」―「稲穂篇」―「人篇」―「歴史・国家篇」のような四つの次元を循環させるように、巧みに工夫されて作られていて、古事記全体が「詩文」のようにできているとしたら、『徹底検証　古事記』言視舎二〇一三、『古事記の根源へ』言視舎二〇一四も、この「詩文集」とどこかつながっていることを今感じています。

一篇の詩文が、全体の全編の構成と「わ」になるように、あるいはなっているように、というのが望みでしたけれど、誰かがそういう詩文集を実現してくださるための一里塚になればと思いつつ。

栞　小さな質問箱

内容

1「もっとも大事な考え方」について

○…「詩文集」には長い「あとがき」を書かれているのに、まだ、このような「質問箱」がいるんですか……。

●…自分の書いたものの説明というよりか、こういう「詩文集」のようなものを書こうというか、書かなくてはと思った動機を、もう少しちがった角度からも、明らかにし、記録しておくことが、わたしのように、「詩」と「詩文」の間で悩んできたものたちにとっては、どうしても必要なのではないかと思ったものですから……。

　この詩文集の核心の部分は、ものすごくシンプルなところにあって、それは「根は花を、花は根を、知っている」（「根は葉を、葉は根を」でもいいのです）という、農家の人ならだれもが知っていることを「詩」のベースに据えるというものでした。この考えは、コロナ禍で退職したときに、今までのゼミ生さん達に送った「紙上最終講義「生命のわ」から」の中で、「もっとも大事な考え方」としてお伝えしていたものです（この論稿は、『生命《いのち》の「わ」

から　児童文化の未来へ』港の人２０２３・３月として刊行）。

その「根は花を、花は根を」の考えは、この詩文集の中では、「わ（環）」として主題化されて使われています。主題化されて、というのは、おかしな言い方ですが、要は、一つ一つの「詩」が、他の「詩」と交応し合っているように書かれているという意味ですし、一部分の詩が、詩全体とも交応し合っているという意味でもあります。もちろん現代詩としてある多くの詩集も、内在的なつながりは意識されて書かれているのですが、この詩文集では、全編が、それぞれどこかで交応し合うことが、意図的にわかるように工夫されて書かれているというところがあるのです。（それが成功しているかどうかは別の話なのですが……）。つまり、この詩文集全体が、「根は花を、花は根を」を体現できるように仕組まれているように……。

そして、詩文集は四つのブロック（「しんわ」篇、「いきもの」篇、「ひと」篇、「こっか」篇）に分かれていますが、一つ一つの詩は、詩の全体と交応しながらも、この四つのブロックのそれぞれにも交応するように書かれています（もちろんその意図もうまく実現できているかどうかは別ですが）。

こういうふうに一篇の詩と、百篇の詩の全体が、「根は花を、花は根を」になっているように作られることが、この作品の大きなテーマというか、願いとしてあったというわけです。

２「織姫」のこと

○：もしこの詩文集の全体が、そういう「わ」としてつながっているのだとしたら、どこから、どのように読めばいいのかと思いますが。

●：もちろん、どこから読んでもらってもいいのです。最初の「しんわ」篇から読まれると、なに、これ？　と思われたり、こんな「しんわ」篇が必要なのかと思われるかも知れませんから、「いきもの」篇から読んでもらってもいいのです。

ただ「しんわ」篇の「しんわ」というのは、「神話」にとどまらず、広い意味で「物語」の世界を扱っています。ですので、そこには「宗教的な世界」も含まれています。

でも、なぜそんな世界を「詩」が

対象にするのかというと、むしろその分野を対象にすることが古代からの「詩」の大きな役割としてあったと私は思っているからです。というのも、もしこの詩文集が考えているように、世界が「あや」や「あやとり」でできているとしたら、その「あや」を支える「て」や「糸」のことを考えざるを得なくなり、そこを考えてゆけば、とうぜん「織姫」の物語にふれなくてはならなくなるからです。

それは誰が試みてもそうなるように私は思います。

たとえば「あとがき」で紹介したゲーテの「神と世界」という詩集の中に、次のような節があります。

おわりに（アンテビレマ）

つつましやかな眼差しもって見てごらん
永遠の織姫の織りなすものを
一踏みだけで千々《ちぢ》の糸が動き出し
はた織る筬《おさ》はかなたこなたへとびかって
糸と糸とが流れるように結びあう
一打ちだけで千々の結びが生れくる
これはもらい集めたものでなく
永遠《とわ》の時より経糸《たていと》をかけてきたもの
永遠の神なる良人が　安んじて
緯糸《よこいと》を投げるようにと願いつつ

（高橋義人訳）

ここを読まれると、わたしの詩文集との類似を感じる人がおられると思いますが、関係は全くないのです。ここを読んだから、わたしの織姫の詩文集ができたのではなく、全くそれぞれの独立した発想から詩集は生まれています。その証拠に、ゲーテは織姫のことを書いているのは、たかだかこの十行にすぎず、このような織姫を根本に据えて世界を考えるなどということは、キリスト教の世界では許されるものではなかったからです。

わたしのほうは、発想の土台が児童文化にあり、糸を紡ぐものの物語は、「眠り姫」をはじめとしてグリム童話にはたくさんありますし（ちなみにゲーテとグリム兄弟は、生きた時代は重なっていて、弟のヴィルヘルムは、ワイマールにゲーテを訪問しています）、そもそも日本の古事記の神話篇も「織姫」の世界でもありました。そして「千手」は、当然ながら仏教固有の「千手観音」から着想は得ているわけで、ゲーテとは全く関係がありません。

さらに、わたしが織姫のモチーフの重要性を改めて確認していくのは「鉄」と「国作り」との関係を調べてゆく中で、竜神にふれ、織姫にふれるという体験をしていったからで、それは篠田知和基『竜蛇神と機織姫』などの世界的な視野の元に考察された民俗学的な考察と共振する中で得てきたものなのです。

なので今日、人文の発想から世界の成り立ちを「しんわ」として考えようとする人たちなら、誰でもが「織姫」に向かうのではないかと思ったりもしています。

3 「いきもの」篇のおもしろさ

○：しかしそれでも、「しんわ」とか「世界の成り立ち」などと言ったものには関心のない人もいるのではないかと思いますが。

●：もちろんそうだと思いますから、「しんわ」篇は飛ばして「生きもの」篇から読んでもらうのも歓迎です。わたしがずいぶん長い時間をかけて詩篇にしたかったものが、ここにあるからです。そして、ある意味では、ゲーテのメタモルフォーゼの詩篇と交応するところがここにあると思っていますから。

もちろん、ゲーテは「アメーバ」とか「ゾウリムシ」とか「クラゲ」とか「血液について」とかいうようなものについて書いているわけではありませんが、軟体生物の豊かさにこそ生命の源泉があるのではないか、と考えるわたしの思いは、ゲーテが求めていたものと通じているのではないかと思っています。

ところで、こういう「いきもの篇」を描いた背景には、たくさんな図鑑や大百科、博物誌から教わった目もくらむような豊穣な生きものの世界があります。（最新の美しいカラー写真は、生命体の驚愕の造形を見せてくれていますから、これらの「詩文」にも、カラー写真は望めないにしろ、イラストでもいいので、いきものの図版が添えられていたらどれほどいいだろう……と思いました。）でも今では、ユーチューブなどで、生き物の動く映像がいつでも見られますから、この「詩文集」に合わせて見ていただけると、とてもありがたいです。

わたしが学生だった一九七〇年代は、大学闘争と並行してテレビで「野生の王国」などが放映されはじめていて、そういうものを見て育ったわたしなどは、人間の世界以外に生き物たちの豊かな世界があることを、十分に教えてもらった世代になります（学校からではなく、テレビからという世代です）。

その後各テレビ局が次々に独自に「自然と生物」関係の番組を放映することになり、わたしなども録画できる頃には、ことごとく録画して見てきたと思っています。中でも、これは必見だと思ってきたのは、NHK「ミクロワールド」という五分の番組（六十回分）です。わたしはこの番組をどれだけ繰り返して見たでしょうか。（番組は「ミクロワールド公式ホームページ」でいつでも見られます）。このあまりにも奇想天外で豊穣なミクロの世界。わたしのちっぽけな常識がことごとく吹き飛ばされていった世界を、見ておられない方はぜひご覧下さい。

この、電子顕微鏡でしか見られない世界を、これでもかと見せてくれる映像がなければ、私はこの「詩文集」を構想することが出来なかったと思います。かつてこういう映像は、高価な電子顕微鏡を有する大学の研究者にしか見られなかったのでしょうが、お茶の間で、小学生でも観ることができるようになっています。番組の制作者に感謝です。一回五分がいいです。一回分見ただけで、お腹がいっぱいになるからです。

それに加え、近年次々に出版されてきたたくさんな美しい図鑑たち。ここにも粘り強い撮影者と、高性能カメラ、電子顕微鏡等が活躍し、見たことのない世界を見せてくれていました。動植物の形態学、メタモルフォーゼに深い関心を寄せ続けていたゲーテが、これらの映像をみたらどれだけ喜んだだろうと思いましたね。

そして「人間」を取り巻くこうした「ミクロワールド」や「生きものの世界」を見て感じた驚きを、どうしたら表現できるのだろうかというのが、その後のわたしの「課題」となってゆきました。というのも、こういう世界に「現代詩」は、まったく無関心のように見えていたからです。現代詩は、こうした自然と向き合うことから、ずいぶんと遠いところへ来てしまったのか、それともただ背を向けて見て見ぬ振りをしてきたのか……。そんなものは「現代詩」のテーマにはならないと思われてきたのか……。

4　「赤ままの花」を歌うな、という詩

○：「自然」と向き合わない詩ということで、何か気になった詩はあったのでしょうか。

●：大学闘争の最中に読んでいた詩に、中野重治（一九〇二〜一九七九）の「歌」（一九二六年初出二十四歳）の詩があり、この当時は、そうだそうだと、とても感じ入った記憶があります。

歌　　中野重治

おまえは歌うな
おまえは赤ままの花やとんぼの羽根を歌うな
風のささやきや女の髪の毛の匂いを歌うな
すべてのひよわなもの
すべてのうそうそとしたもの
すべての物憂げなものを撥《はじ》き去れ
すべての風情を擯斥《ひんせき》せよ
もっぱら正直のところを
腹の足しになるところを
胸元を突き上げて来るぎりぎりのところを歌え

（略）

戦中、戦後を通して、貧困や階級といった「生活苦」に取り囲まれている現状があって、それを何とか打開することが急務であり、そこに向かい合わないで、「赤ままの花」や「とんぼの羽根」などを歌っていてどうするんだという怒りがこの詩を書いた若き中野重治にあり、その「怒り」に若いときのわたしも共感していたと思います。

しかし、社会で仕事をするにつれて、「腹の足し」になるものとは、「思想」や「心の糧」だけではなく、現実に「腹の中」に入れるもの、つまり「食べ物」のことでもあることもわかってきます。

この「食糧」を手に入れるには、「赤ままの花」に代表される植物のこと、植物の花粉を媒介させる虫たちのこと、それら花や虫を動かす「風のささやき」の存在、その「風」が運ぶ「匂い」の存在……そういうものの存在に気がつかざるを得なくなってゆきます。そういうものの存在が、「腹の足し」になるものを育てていることについて。

そして、そのことを意識できる位置に立つことになってはじめて、この中野の詩が、人間のことしか視野

に入れなかずに書かれていたことに気がつきます。世界の「わ（環）」を見つめようとしていないことについて。

ふりかえってみると、わたし自身、そもそも「赤ままの花」のことなど何も知らないのに、そんな「ひ弱な花」を歌うな、などいう「煽動句」を鵜呑みにしていたわけです。「赤まま」は「イヌタデ（犬蓼）」の幼年ことばで、花が「赤飯（あかまんま）」のように見えて、子どもたちが「赤飯」のままごとをするのに使っていたとされるものでした。わたしなどは、野に咲く雑草の実際の美しい姿も知らず、中野の詩に煽動されて、つまらない花だと頭から思い込んでいた記憶があります。

哲学者パスカルも「一本の葦」を「ひ弱な草」と見ていましたし、多くの知識人の「動植物」を見る目の貧しさに、わたしたちはずいぶん、間違った世界観を植え付けられて育ってきたものだと思います。

だとすれば、そして中野重治の詩「歌」に貧しさを感じるとするなら、それに対抗する「詩」を創造しなければならないということになります。しかし、そんな詩がどこにあるのかということになります。わたし自身まだ読んだことがなく、どこかにあって欲しいと願う詩集。何かサンプルを言えと言われたら、ゲーテの「神と世界」（『ゲーテ全集1詩集』潮出版、『自然と象徴』冨山房百科文庫、に収録）のようなものをあげるしかないような……でも、その詩集もだいぶ違うような気もしていました。そういう詩集は、苦心の「日本語訳」で読んでも、日本語の手触りで感じることがなかなかできにくいところがあったからです。

ならば、自分で創る試みをするしかないのではないか……。

5「あやとり」との出会い

○：そして「あやとり」という詩を構想されてきたというわけですか。でもなぜ「あやとり」というような子どもの遊びが、重要な言葉として選ばれていったのか……。

●：ものごとの「現れ」をとらえる言葉はたくさんあって、学生時代からさまざまに教わってきたものです。そんな中でも、「すがた」「かたち」「イメージ」というあたりは、感覚的にはわかるのですが、とくに哲学由来の言葉としてある、「形相」「形状」「現象」「観念」「イデア」「エイドス」「表象」「対象」「概念」などといった言葉には、いつまでたってもよくわからない思いをしてきたものです。日常語としての根っこが実感としてつかめなかったからだと思います。

　そのことは、ものごとの「現れ」を「詩」として表現する時にもわざわいとしてあって、どうしたものかと悩んでいたものでした。そんなとき、これまたよせばいいのに（能力もないのに）若いときの好奇心で「トポロジー」のようなものに興味を持つことがあり、野口廣（一九二五〜二〇一七）さんの本などを読もうとしていた時がありました。結局は、いつものように数式が出てくるあたりでよくわからなくなって、中途で投げ出していたのですが、わたしの領域である児童文化にかかわる子どもの遊びに、野口さんが触れているところだけにはなぜかずっと関心を持ち続けていました。それは彼が「国際あやとり協会」の会長や顧問をされているというところでした。高名な数学者である彼が、なぜ子どものする「あやとり」などに関心があるのか、当初はよくわからなかったのですが、いつしか自分なりに理解できるところが出てきました。それは、「あやとり」が、一本の糸を丸めて「わ」にすることから始まっていて、その「わ」が、実は「トポロジー」という学問に大きく関わっていたのだというところでした。それくらいまでは、わかってゆきました。

　しかし野口さんは、子ども向けの「あやとり」の本を図入りでたくさん紹介されていたのですが、そもそも「あやとり」とは何だったのかという根本的なことには、まとまった研究を残されないままに亡くなられました。

　あれだけすぐれた数学研究者でありながら、そして「あやとり」の重要性も十分にわかっておられながら、なぜ、その本性を究明されないままにこられたのかと疑問でした。でも、わたしはわたしなりにわかっていったことがありました。それは、彼がトポロジーの数学研究者として相手にしていたのが、すでに「一本のわ」になったものだったということとでした。どういうことかというと、彼にとって、「わになった紐」は、そこにすでにあるもので、誰がなぜ「結んで」「わ」にしたものなのかということまでは、追求しないというものでした。そもそも「トポロジー」は、「つなぎ目」を問題にするのではなく、「つながっているところ」つまり「切ったり貼ったり」しないことが前提の領域の学問としてあったものでしたから。

そこからわたしは、野口さんの「あやとり」観では解明できないものがあることを意識するようになってゆきました。わたしが関心を持ったのは、誰かが、切ったり貼ったりしながら、それでも「一本のわ」になるようにつなぎとめている「あやとり」のことでした。そして、その後、この「一本のわ」を結んだり解いたりする「誰か」のことをきちんと考えるには、「誰かの手」を考えなくてはならないこともわかってゆきました。

それが、「生命」を「あやとり」として考えることの発想につながっていったわけです。そして、その発想が「手」の存在を考えない「トポロジー」と離れた瞬間でした。

ここから「あやとり」の「あや」についても、豊かな意味が見出せるということにも気がついてゆきました。（個人的には、レヴィ＝ストロースが『蜜から灰へ』の中で、挿絵付きの「あやとり」を紹介し、高く評価していることへの驚きがあって、そこはもっと知りたいと思っているのですが、研究されている人を見つけることができていません）

6 「あや」の発見

○：「あやとり」と「あや」は別の次元のもののように思われますが……。

●：すでに触れているように、ものごとの「現れ」を表す言葉の多くが、哲学用語の翻訳語や外来語、カタカナ語から来ています。そのために、詩を作る人たちも、ものごとの「現れ」を日常語で表現するには、とても不都合を感じていたと思います。先に述べた「形相」「観念」「イデア」「エイドス」「表象」「概念」などといった言葉はとうてい使えないからです。

そんな中で、わたしは「あやとり」に出会い、「あや」に出会いました。たしかに「あやとり」と「あや」は違っていて、「あや」を生み出すのが「あやとり」ですが、「あやとり」そのものも「あや」があってのことですから、両者はコインの裏表のような関係にあると思います。

古文で「あや」というのは、白川静『字訓』では「交叉することによって構成される模様、またそのような模様を織り出した絹織物をいう。木や玉などの表面にあらわれる自然の条理をもいう」とされ。

広辞苑七版では、「あや【文・綾】」は、

❶①物の面に表れたさまざまの線や形の模様。②入り組んだ仕組。ものの筋道や区別。③文章などの表現上の技巧。いいまわし。❷①経糸《たていと》に緯糸《よこいと》を斜めにかけて模様を織り出した絹。②斜線模様の織物。

とされてきました。「あやしい」という言葉も、おそらく「あや」の奇妙さを表すところから来ているのだろうと思います。広辞苑七版の「あやし・い【怪しい】」の項目は、「あや・し（シク）不思議なものに対して、心をひかれ、思わず感嘆の声を立てたい気持をいうのが原義。」とされ、①霊妙である。普通でなく、ひきつけられる。②常と異なる。めずらしい。③いぶかしい。疑わしい。④あるべきでない。けしからぬ。⑤（貴人・都人から見て、不思議な、あるべくもない姿をしている意）卑しい。身分が低い。粗末である。⑥えたいが知れない。不気味である。⑦なにかいわくがありそうである。⑧あてにならない。悪い状態に向かいそうである。なまめかしい、神秘的な、の意では「妖しい」とも書く。

と説明されていました。

これだけ見ても、この「あや」という言葉が日常語でありながら、豊かな中身を持っていることがわかります。ある意味では、日本の「根源語」のひとつといえます。

従来の哲学や精神医学の中からも、日常語を省みる試みは、いくらかは進められてきました。たとえば、「いき」（九鬼周造）、「ふれる」（坂部恵）、「甘え」（土居健郎）など。そんな中でも、たぶん「あや」は最も根源に迫る豊かな日本語であるのに、「あやとり」のような子どもの遊びに惑わされたのか、注目されてこなかったように思います。わずかに石牟礼道子さんの『あやとりの記』がタイトルとして使われてきたくらいでしょうか。

7　「生命」を「千手のあやとり」として考えること

○：そこで、詩全体のタイトルに「あやとり」を選ばれたということに……。

●：「生命」の基本のイメージをど

ういうふうに考えるのかは、それぞれ研究者によって違いますが、わかりやすく考えるためにか、生きもののからだを「シート」のように考えようとしたり（『シートからの身体づくり』本多久夫）、「筒」のように考えようとしたり（『生きものは円柱形』本川達雄、「リズム」のように考えようとしたり（『生命とリズム』三木成夫）されてきました。でも、「シート」や「筒」や「リズム」と考えるにしても、それは「編み目」のように編まれていなくては機能しないわけで、そうすると、結局はどこかで、その「編み」の問題を考えざるを得なくなってゆきます。でも「科学」では、その「編み」は分子レベルの化学反応として説明できる部分があり、それを突き詰めてゆけば、編む「手」や「織姫」を考えなくてもいいということになります。むしろ、そんなものを考えることが、科学的に考えることの妨げになり、有害にしかならない、というふうに。

そうなると、そこで「手」や「織姫」のことを考えるのを諦めるか、奮起してあらためて「人文の発想」として見直そうとするか、試されるときが来ると思います。そこで「詩」も見直される次元がでてきたのではないかとわたしは考えています。

編集後記

この詩文集は、私家版で出した(二〇二一年八月)ものに、次の七篇(「千手観音」「メタセコイア」「ニワトリの卵」「庭と巣と卵と鳥と」「ダ・ヴィンチ『聖アンナと聖母子』の不思議な手足の構図」「記憶と包帯」「モーツアルトの手」)を追加してでき上がっています。追加というのは正しくなく、私家版の時納得のいくように出来ていなかったものに手を入れることができたので載せることができたという意味です(ルビが多いのは中学生にも読めるように、と)。

私家版の時には「エディシオン・アルシーブ」の西川照子さん、栗田治さんには、校正で大変お世話になりました。そして、今回七篇を加えた新構成の詩文集を、言視舎の杉山尚次氏が出しましょうと言ってくださったので、改めて日の目を見ることになりました。本当にありがたいことでした。感謝申し上げます。

先のことを言うと鬼に笑われますが、ふつうに考えても、この詩文集は単独では終わりそうにもありません。詩文集は「科学のことば」に対する「人文のことば」の挑戦であり戦いでもあるからです。なので、「科学のことば」で「説明」されるあらゆるものに対して、「人文のことば」からの「問いかけ」がぶつけられなくては、と思っています。そんなことができるのか？とも思います。そういう意味では、今回の詩文集は、一つのはじまり方を提示したものにすぎません。特に巨大なテーマ、あらゆる生きものたちのもつ「根源の性」「根源のことば」などに向けての、新たな問いかけのかたちがもっと創造されなくてはと。詩文集としては、『織姫のほと』『織姫のことば』のようなものが……。

なお私家版には「栞　小さな質問箱」を別刷りで挟んでいたのですが、今回は、一つにして載せています。そして、私家版が出たときに、すぐに批評文を書いてくださった瀬尾育生氏の論考も掲載されることになりました。さらに表紙には、驚愕の、オリジナル極限写真を使っていただいた山田英春氏。じっと見ていると、「織姫」がいるようで震えてきます。なんと贅沢なつくりにしていただいたことかと思っています。ありがとうございました。

二〇二三年三月三〇日

【作品論】詩が触手であるということ
――村瀬学『織姫　千手のあやとり』

瀬尾育生

この本の中で村瀬学が試みているのは、詩で「考える」ことができるか、ということである。ひとつの言葉が存在の中へ手を延ばし、その手が何か他のものに繋がれる。そのとき何かが「考え」られ、了解されているのだ。言葉が何か未知のものにむかって延ばされる触手のように使われるとき、それを「詩」と呼ぶのである。

たとえば、空を飛ぶトリや虫の群れ、海の中のサカナの群れについて「考える」。彼らはどうしてあんなふうに飛び、泳ぐのか。前触れもなく数百羽がいっせいに飛び立つ。前触れもなく数千尾がいっせいに向きを変える。そのようにいっせいに動きながら、オオカバマダラ蝶がそうであるように、海を回遊し川を遡上するサケがそうであるように、何万キロの旅をすることもある。なぜそんなことができるのか。

光や風や水を察知するナビ・システムのようなものがあり、個体がそれぞれスマホのような受信機を持っていて、たがいに信号を交わしあっているのだろうか？　科学者なら、そうは言わなくても、なんだかそれに近いことを言いそうだ。だがだれもそんなことを信じてはいない。トリやサカナはもともと群体としてトリであり、群体としてサカナであり、そのようなものとして彼らは、風の流れや水流や木々の位置や動きや海底や他の群れと、呼びかけあい繋がりあう網目として存在している。私たちには見えないけれども、彼らはたがいに「手」を延ばし、あらゆるものと「手」を繋ぎあっているのだ。「千手体」と、村瀬はそれを呼ぶ。千手体が繋ぎあうこういう網目は、植物にも延長できるし、動物と植物の中間の生命体にも延長できるし、菌類やウイルスにまで、さらに遺伝子レベルにまで遡及できるかもしれない。また逆に、群体としてのヒトのあらゆる動向にまで延長でき、さらに何か関数を入れれば、ヒトが形作るさまざまな観念世界や組織体にまで、拡大できそうだ。

たとえば動物にとっても、個体の存在はすこしも自明ではない。それは無数のものを同一性へと束ねる「束」であり、「包み」のようなものではないだろうか。「束」や「包み」の中に、時間や空間が折りたたまれて、了解や記憶になる。それは別のときには、また別の束ね方や包み方となって引き出されてくる。最後に個体が死んで「束」や「包み」がほどかれると、それらは宇宙に遍在する「世界記憶」の集積の中に帰ってゆく。宇宙には数限りない網目があるが、そのすべてがほどかれると、最後にはたったひとつの「わ」(環)になるにちがいない。宇宙とか世界とか呼ばれるものは、たったひとつの「わ」が無数の「わ」へと編まれたりほどかれたりしている、巨大な「あやとり」になっているのだ。

そこでこの一冊は、こんなふうに始まる。

わたしは「竜宮」について考える。

水底にある「竜宮」と「庭」について。

庭の星屑をつむぐ「織姫」。

「千の手」をもつ織姫とその「糸巻き」について。

「千手」で織る「兆の糸」。

竜宮を包む「舟」に仕立てる。

「糸」が「舟」になり、「舟」が「糸」になり。

その「糸の舟」で織られる生きものの「あや」について。

「あや」が織られる「あやとり」について。

世界や宇宙を無数の「わ」の繋がりとして考える、いくつもの試みがあった。この本の中心に置かれるのは、たとえばゲーテ晩年の「神と世界」である。また「エン・サイクロ・ペディア」と名づけられた多くの書物もこの世にある。そこでは文字通り、幾重にも折り重なる「わ」からなる「ひとつの・わ」として世界が描かれている。村瀬のこの本では、アメーバや太陽虫やクラゲや食虫植物やハナカマキリや……が、デカルト、スピノザ、ライプニッツ、パスカル、ブーバー……とならんで「わ」になっている。ヴァレリーの「貝殻」や、レヴィ＝ストロースの「あやとり」がそれらを繋いでいる。最後に「鉄」が、地球を「わ」のようにめぐる血液として言及される。

これは詩ではない、と「詩人たち」は言うかもしれない。これは哲学の本だ、と。たしかに村瀬学は哲学者と呼ぶのがよいだろう。だがその哲学は、『初期心的現象の世界』『理解のおくれの本質』『「いのち」論のはじまり』……とつづく、私たちに馴染み深い著作の中で、終始、話体（わ・たい）で書かれる。話体としてとぎすまされた言葉が、生命のいちばん近くまで行けるからだ。哲学の仕事がいつでも、言葉の用法に向かう深い問いかけになっている。詩が問題にならないわけがないのだ。

　むしろいま「詩人たち」が書いている詩のほうが、ずっと頑迷に、ひとつの、あまり上等でない哲学に、とりつかれていると言ったほうがいいかもしれない。それは主観性の哲学とでも呼ぶべきものだ。それにとりつかれている限り、「詩人たち」はいつも、自分の人事、自分の心理、自分の不遇、自分の傷つきやすさ……というような主題のまわりをめぐりつづける。宇宙も自然も世界も関係がない。関心があるのは「自分」だけ。なんという才能の浪費だろう！　内容が動かないので、かわりに言葉のモードが変化している（村瀬はそれを「ゆ＝喩」の詩と呼ぶ）。「新しい詩」「若い詩」などが、探されているのだ。

　宇宙をめぐる「わ」が繋がらず、切れている部分。それが「危機」なのだ。植物ならばそこに棘がつくられ、毒素が集められる。動物ならばそこに爪が生え、牙が生えている。この本の長い「あとがき」は、詩に付された詩論の部分だが、そこでは宮沢賢治・中原中也・吉原幸子・谷川俊太郎・寺山修司・荒川洋治……が、そのような言語的「危機」として、論じられている。

　詩に問われるべきことは、詩の中で何が「考えられているか」ということだ。「考える」とは、そこで言葉が、何かを求める「手」として使われているということだ。言葉が何か未知のものにむかって延ばされる触手のように使われるとき、それを「詩」と呼ぶのだ。そこで「手」はしばしば、言語に生えた棘、毒素、爪、牙のようなものに変形している。私はこの本を、一冊の「詩集」として紹介することに、なんだか「使命」のようなものを感じるが、それは作者に対してというよりも、私たちの詩に対して、であると言える。

（初出「現代詩手帖」２０２１年11月号）

村瀬学（むらせ・まなぶ）
1949年京都生まれ。同志社大学文学部卒業。現在、同志社女子大学名誉教授。主な著書に『初期心的現象の世界』『理解のおくれの本質』『子ども体験』（以上、大和書房）、『「いのち」論のはじまり』『「いのち」論のひろげ』（以上、洋泉社）、『なぜ大人になれないのか』（洋泉社・新書y）、『哲学の木』（平凡社）、『なぜ丘をうたう歌謡曲がたくさんつくられてきたのか』（春秋社）、『「あなた」の哲学』（講談社新書）、『自閉症』（ちくま新書）、『「食べる」思想』（洋泉社）、『宮崎駿の「深み」へ』『宮崎駿再考』（平凡社新書）、『次の時代のための吉本隆明の読み方』『徹底検証 古事記』『古事記の根源へ』『『君たちはどう生きるか』に異論あり！』『いじめの解決 教室に広場を』『吉本隆明 忘れられた「詩的大陸」へ』（言視舎）などがある。

装丁・写真………山田英春
DTP制作………勝澤節子
編集協力………田中はるか

詩文集 織姫《おりひめ》 千手《せんじゅ》のあやとり

発行日❖2023年4月30日 初版第1刷

著者
村瀬学

発行者
杉山尚次

発行所
株式会社言視舎
東京都千代田区富士見2-2-2 〒102-0071
電話 03-3234-5997 FAX 03-3234-5957
https://www.s-pn.jp/

印刷・製本
中央精版印刷㈱

ISBN978-4-86565-251-2 C0095